La vendetta

I re degli yacht
Libro 1

Renee Rose

Traduzione di
Cristina Zappalà

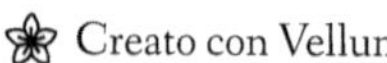 Creato con Vellum

OTTIENI IL TUO LIBRO GRATIS!

Iscrivetevi alla newsletter di Renee per ricevere Indomita, scene bonus gratuite e notifiche riguardo a nuove pubblicazioni!

https://subscribepage.com/reneeroseit

Prologo

ahlia

D   Un altro ballo con un ragazzino viziato e vanesio in smoking e mi cavo un occhio con lo stuzzicadenti del cocktail.

Faccio proprio per prenderne uno dal vassoio di un cameriere, quello al momento infilato nel boccone di salmone in crosta di anacardi, e mi ficco tutto in bocca nella speranza di frenare le chiacchiere del mio attuale spasimante: Archie, un sangue blu di Manhattan il cui padre lavora per uno degli studi legali d'alto livello di Wall Street.

"Bella collana." Ma lo sguardo non è ricaduto sul collier di diamanti da sette zeri, bensì sulla scollatura del corpetto senza maniche dell'abito da sera. Almeno è attratto da un pezzo vero di me – anche se solo del corpo si tratta.

Siamo sullo yacht più nuovo e grande di papà, la *Debuttante*, progettato specificamente per il ballo della mia maggiore età. Naturalmente la mamma ha voluto sfoggiare il posto più pretenzioso possibile per vantarsi dello stato sociale e delle incommensurabili ricchezze del re degli yacht. È importante superare tutte le famiglie di livello di New York.

Io sinceramente non vedevo la ragione di dare la festa, dato che tanto non uscirò con nessuno. Che non mi sceglierò marito. Che non regalerò la mia preziosa verginità a uno che mi rubi il cuore, che mi faccia tremare, che mi baci come ne andasse della sua stessa vita.

Figuriamoci.

Mi hanno già combinato il matrimonio.

Sarò moglie di presidente.

First lady.

Così almeno crede Babs, quell'ambiziosa della mamma. Questo è il futuro che vuole per me. Per sé. Per la famiglia.

Dall'altra parte della pista il mio promesso – il diciottenne Jake Reese III, figlio del senatore Jacob Reese – tiene banco con un gruppo mondano che rimugina attentamente su ogni perla che gli scappa di bocca.

Abbiamo già avuto un nostro primo ballo – nel corso del quale ha abbassato gli occhi per dirmi che sono troppo giovane perché si possa legare a me. Da allora non ci siamo più rivolti la parola.

E mi sta benissimo. Ho una sola vera amica qui, Bea, ma al momento piroetta con un mio goffo cugino.

"Le va di ballare?" Con un inchino, mi porge la mano Henrik, un principe norvegese.

Archie, riconoscendosi superato, si scosta educatamente.

Henrik è dolce. L'avevo già visto nelle visite al nostro cantiere navale norvegese. È bello e cortese. Ma i tacchi mi stanno distruggendo i piedi, e sono stufa di vedermi costretta a chiacchiere e sorrisi da vetrina.

Purtroppo lo sguardo d'aquila della mamma mi scruta in

ogni singolo istante di questo importantissimo evento. Le lancio un'occhiata.

Al momento mi dà le spalle per parlare con Loretta Reese, la moglie del senatore.

È la mia occasione.

"Sarebbe un piacere, ma devo prendermi una breve pausa. Mi consentirebbe un'incipriatrina al naso?" La domanda lo farà sentire un eroe.

"Certamente." Piega educato la testa dorata. Maniere tanto perfette si accordano ai capelli biondissimi e all'accento impeccabile.

"Grazie. A fra poco," giuro, poi mi defilo tanto velocemente quanto concessomi dai tacchi.

Filo dritta al bagno, nel caso in cui la mamma mi stesse guardando, poi viro rapida verso le scale per la cucina.

Mi guadagno qualche occhiata sorpresa mentre corro giù per la cambusa e sbuco sullo stretto ponte della servitù. I molti persi in chiacchiere rivolgono di colpo l'attenzione a me.

Uno non si muove neanche; si limita a fissarmi tirando lentamente dalla sigaretta, appoggiato al parapetto.

Accidentaccio.

I capelli scuri gli si arricciano a lato della fronte e ha un atteggiamento alla *non me ne frega un cazzo*. Con la camicia bianca stirata di fresco, i pantaloni neri, il papillon e in vita la fascia dei domestici assunti per l'evento, riesce comunque a essere più regale di qualsiasi principe – norvegese o meno.

Con aria annoiata, osserva la morbida meringa dell'abito rosa pallido, i guanti in pelle di vitello lunghi fino ai gomiti, il collier che vale più del mio fondo per l'università.

Sotto al suo scrutinio, mi surriscaldo tutta.

Prima penso che non sappia chi sono. Non è possibile

che sappia che lo yacht è di papà senza comprendere che un esame del genere verrebbe considerato impertinente.

Poi capisco che *deve* sapere che sono qualcuno.

Ma che non gli importa.

Anzi, l'espressione derisoria par dire che sono stata *io* a infastidirlo. Che mi sono intrufolata nel suo territorio.

Il battito cardiaco accelera. Forse perché è attraente. Si vede che è il cattivo ragazzo che se ne infischia delle regole. Una combinazione deliziosa di James Dean ed Elvis.

Di sicuro sa che posso farlo licenziare in un attimo.

Vado a grandi passi a posare il fianco contro al parapetto, accanto a lui. Da vicino è ancora più bello. Gli occhi hanno una sfumatura di whiskey, le ciglia sono folte e lunghe per un uomo.

"Fammi fare un tiro."

Alza un sopracciglio. Con aria sexy. Quasi da estasi. Nei quattro interminabili secondi che gli servono per reagire trattengo il fiato... ma alla fine gira la sigaretta per infilarmela fra le labbra.

Gesto per certi versi intimo. Non me la porge – ne controlla l'arrivo. Il ritiro. Sento l'odore del sapone con cui si è levato le mani, oltre alla cenere e al tabacco.

Non ho mai fumato in vita mia.

Seppur in ritardo, mi rendo conto che è una pessima idea. Puzzerò – mi puzzerà il vestito. L'alito.

Dovrei tornare alla sala da ballo per ricoprire il mio ruolo di beniamina dell'alta società della serata, e invece commetto un errore che rischia di far arricciare il naso dalla disapprovazione a ogni donna della cerchia della mamma: *fumare!*

Ma il bel cameriere mi guarda con scaltra aria di sfida. Mi rendo conto che vede tutto – la mia ingenuità, questa sciocca ribellione.

E senza esserne divertito, credo. Non mi trova carina. Anzi, dietro agli occhi scuri percepisco una punta di sdegno.

Perciò accetto la sfida. Chiudo la bocca dipinta di rosa sulla sigaretta e aspiro.

E soffoco.

Tossisco.

Cerco d'inspirare aria che mi rinfreschi la gola e i polmoni ustionati.

Tossisco un altro po'.

Quando gli do un'occhiatina, mi sta ancora guardando freddo.

Fa un altro lento tiro, osservandomi per tutto il tempo. Gira la testa per soffiar via il fumo, ma senza staccarmi gli occhi di dosso.

"È il tuo ballo?"

Il pugno che sento nel plesso solare dal risveglio di stamattina, quando la mamma ha cominciato a rimproverarmi per qualsiasi mia azione, per tutte le mancate perfezioni del mio essere, si serra. Guardo oltre, all'inchiostro nero dell'acqua sottostante. "In teoria sì."

Coglie l'amarezza del tono e solleva gli angoli delle labbra. Il sorriso che ne esce è fin omicida. Mi cedono le ginocchia, mi scaldo fra le cosce.

"Quindi quest'uscita è un atto di ribellione?" Il sorriso s'allarga. Gli trasforma il viso in un'espressione più aperta, da ragazzino.

Gli rubo la sigaretta dalle dita per tentare un secondo tiro. Altra tosse. "Forse."

"Bene." Mi scocca un'occhiatina rapida, critica. "Ti dona."

Levo su di lui uno sguardo sorpreso, nel tentativo di capire se è serio. Non mi aspettavo complimenti. Ero certissima mi avrebbe derisa.

Quando lo guardo mi è poi impossibile smettere. Tanta bellezza mi ipnotizza. Le rughette attorno agli occhi, il naso aquilino, la mascella squadrata. Larghe mani apparentemente capaci di provocar gravi danni.

O gravi piaceri...

Si riprende la sigaretta per buttarla in acqua. "Bene." Mi porge la mano da vero gentiluomo.

E mentre la contemplo mi vengono le vertigini. Come sapessi che dopo quel gesto la mia vita cambierà radicalmente.

"Andiamo." Col capo mi fa cenno di staccarmi dal parapetto, come avesse altri progetti. "Vediamo se sai metterti in guai veri."

Capitolo uno

1964 (7 anni dopo), Newport, Rhode Island

*A*ntonio

"Tempo scaduto." Con lo smoking su misura – perché sia all'altezza delle spalle ampie – mi appoggio alla parete di arenaria bruno rossastra della cattedrale Saint Mary. Senza pistola. Non mi serve.

Benedict King mi conosce. Sa che ci faccio qui. Che rappresento il don della famiglia Beretta. Probabilmente vede pure gli uomini che ho fatto appostare tutt'intorno al camposanto, ormai mescolati alla fiumana di ottocento ospiti dell'alta società venuti per il matrimonio della stagione.

"Ti prego, *ti scongiuro*." Solleva tremanti mani paffute. Il sudore gli gocciola giù dall'attaccatura dei capelli. "Si sposa mia figlia. Concedimi solo di accompagnarla all'altare. Ti prego, fammela sposare prima di ammazzarmi..."

Arriccio il labbro superiore all'allusione alla preziosa figlioletta. "Chi ha detto che non sono venuto a uccidere anche lei?" faccio disinvolto.

Negli occhi del grassone balena il terrore. Batte svelto le

ciglia – le pupille sono due minuscoli puntini neri nelle iridi azzurro pallido. Porta uno smoking bianco, come fosse *lui* la verginella da vendere, altro che quella viziata di sua figlia!

"Non toccare Dahlia." Mentre parla sputa.

"Hai rinunciato a tutto quando l'hai messo nel culo ai Beretta: alla vita tua, a quella di tua moglie... e a quella di tua figlia. E sono venuto a riscuotere."

Una perlina di sudore gli cola giù per la fronte. "Non puoi..."

"Benedict! Ma dov'eri? La cerimonia sta per cominciare!" Barbara King – o Babs, come la chiamano negli editoriali sull'alta società – spunta di corsa da dietro l'angolo. Si ferma di colpo quando mi vede. Un'occhiata al marito e si rende conto che c'è qualcosa che non va. "Lei chi è? Che succede?"

Le sparo un sorrisone tutto denti da squalo. "Sono quello venuto a ucciderti, Babs."

Barcolla, ora impallidita.

"Prendila prima che svenga," dico al maritino scassapalle.

È lento di riflessi, ma riesce a pigliarla dal gomito prima che cada.

"Benedict," singhiozza. "Che succede? Cos'hai fatto?" Lo scruta in volto.

Dinanzi al suo sguardo lui la guarda con un'espressione che ne trasmette tutta la costernazione. Il rimorso. L'orrore per ciò che sta per accadere. "Il denaro che ho perduto nell'accordo Shellingham, Babs... mi era stato prestato." Mi guarda.

Babs posa su di me uno sguardo lento e terrorizzato. "Dalla *mafia?*" gracchia.

"Esatto, bambolina," faccio io. "E il re degli yacht non è riuscito a pareggiare i conti con don Beretta. Perciò puoi dire addio al lieto fine che avevate programmato per la bella Dahlia."

Già solo pronunciarne il nome mi fa arricciare il labbro superiore dal disgusto. La ragazza che non avrei dovuto toccare tanti anni fa.

Ma finalmente oggi mi vendicherò.

La farò pagare al re degli yacht e alla sua preziosa debuttante.

Non si ricorda di me. E perché dovrebbe? Ero solo un *bruto proletario* – come mi chiamava – vestito da scimmietta al ballo della figlia. Probabilmente una delle mille vite che ha rovinato.

"Aspetti! Non c'è nulla che possiamo fare?" m'implora Babs. "Yacht? Benedict, dagli le giacenze. Devono valere una fortuna!"

Incrocio le braccia sul petto per dimostrare che l'ascolto. Non sono venuto davvero ad ammazzarli – certo, vi fossi costretto lo farei. Ma i morti non arricchiscono il don; in realtà sono venuto per portarmi via tutto ciò che possiede il re degli yacht.

Inclusa la sua preziosa figlia.

Ma lei non per il don, eh.

Per me.

Benedict lancia un'occhiata nervosa alla consorte. "S-Sì. Posso darle le giacenze di magazzino. Quarantacinque yacht in via di costruzione."

Quarantacinque yacht già tutti acquistati. L'ex ricco costruttore di navi ormai naviga nei debiti. Ma il don si prenderebbe le giacenze e lascerebbe lui ai creditori, ovviamente.

Sono stato mandato qui per questo.

Solo che voglio di più.

Non mi accontento mica di una fetta di torta.

Voglio tutto il suo mondo.

Per distruggere questo verme.

Il don non ne sarà contento, ma sistemerò la cosa. Gestirò l'attività per lui, gli darò i profitti. Lo arricchirò nella legalità. Inoltre, una volta spiegatigli i significativi vantaggi di contrabbandare armi – e non solo – su barche nostre, m'incoronerà principe dei Beretta.

Non apro bocca.

"Prendetevi le case. Le auto! Tutto!" supplica Babs. "La prego, ci dica cosa fare e lo faremo."

Ah. Ecco la breccia che aspettavo.

"Datemi l'attività. La *King Yachts*."

Benedict sembra sul punto di vomitare, ma la moglie esclama: "Sì!" quasi prima che abbia parlato. Prendo un fascio di carte piegate dalla tasca interna della giacca.

"Firma qui per darmi tutto," ordino.

"Firma!" esclama Babs.

"Ok, ok. Dammi una penna," sbotta Benedict.

Aspetto che abbia messo tutte le firme. Poi gli do il colpo finale. "E così il debito è quasi ripagato..."

Babs strabuzza gli occhi. "Che altro vuole?" Praticamente stride.

"Vostra figlia."

Due paroline che li fanno raggelare. Mi fissano con evidente orrore.

"C-Cosa i-intende con nostra figlia?" Le trema il mento.

Allargo le braccia. "Avete organizzato il matrimonio. L'evento della stagione. Basta ufficializzare la cosa. Per sugellare il patto, la ragazza oggi sposa me. Così ci sarà una logica: l'attività passa al genero."

"No!" Babs è orripilata.

Benedict barcolla sulla destra e si porta la mano al petto.

"Sarà al sicuro... finché presterete fede all'accordo."

Finalmente Benedict ci è arrivato. Niente polizia. Nessun tentativo di ribaltare le carte in tavola. Addio all'aiuto del senatore Reese e di quel pisello moscio del figlio sindaco contro i Beretta.

No: deve entrare nella *famiglia*[1] se vuole vivere e se vuole che tratti la figlia come la perla lucente che lui e Babs credono sia quella viziata d'alto lignaggio.

Fa un cenno brusco col capo. "Ok."

"Cosa?!" Babs si accascia – le ginocchia cedono ancora. La sorregge il marito. "Non puoi..." gracchia. "Benedict, il... il matrimonio."

"Il *mio* matrimonio," dico. "Con la ragazza della quale non ero all'altezza, secondo te. *Nemmeno di leccarle via la merda dalle scarpe firmate.*" Guardo Benedict alzando le sopracciglia. Ho immaginato questo momento ogni giorno in galera – dov'ero finito per le accuse inventate da questo qui. "Ricordi?"

Confuso, batte gli occhi, la bocca aperta.

No, non ricorda. Ne ha inculati troppi, di poveracci.

"Al suo ballo. Dai che ti ricordi. Il *bruto proletario*."

Viene trapassato da un lampo di consapevolezza, poi si deturpa tutto dalla rabbia. "*Tu.*"

Annuisco. "Io."

Spalanca le braccia. "E per *questo* lo stai facendo?"

Non potrei sorridere con maggiore soddisfazione. Sì. Per questo. Sette anni di lavoro. Da quando sono diventato il braccio destro di mio zio, appena scarcerato, all'organizzazione di tutti gli investimenti sbagliati di Benedict King perché chiedesse un prestito impossibile da restituire.

Sì, dirigo la caduta di Benedict King dalla sera in cui le

---

1. I termini *principessa, bella, stronzo, amore, grazie, 'fanculo, alla salute* e *famiglia* quando in corsivo sono sempre in italiano nel testo [N.d.T].

guardie del ballo mi massacrarono di pugni per poi trascinarmi alla stazione della polizia, forti di menzogne cui nessuno al mondo avrebbe dovuto credere.

E oggi è il giorno della liberazione.

Adesso Benedict King è mio, così come sua moglie e – cosa più importante – la verginella piena di sé.

Che mi giurerà amore e onore. Che mi ubbidirà.

* * *

Dahlia

C'è un diadema sul letto. Io volevo una corona di fiori. Quelle con nastrini che scendono sulla schiena, a mescolarsi coi riccioli morbidi... ma la mamma non era d'accordo.

Mi hanno raccolto i capelli perché mostrino gli orecchini di diamante datimi da Jake alla festa per il fidanzamento. Io le avevo detto che il diadema ne distoglie l'attenzione, ma non ho avuto voce in capitolo.

Il matrimonio sarà anche il mio, ma come qualsiasi altro momento della mia vita, appartiene ai miei.

Bea, la mia migliore amica – che volevo mi facesse da damigella d'onore, ma è stata bocciata dalla mamma – mi dà un'altra spolverata di fard sulle guance.

"Sei pallida. Non è che vomiti, vero?"

Guardo fuori dalla finestra della chiesa gli ospiti che entrano. Centinaia di persone che in realtà non conosco neanche.

Ovviamente ne ho memorizzati nomi e lignaggi. So chi è chi e che legame hanno con noi e i Reese. E so che oggi dovrò coccolarmeli tutti.

È il mio lavoro.

Queste nozze non c'entrano niente con un matrimonio. Si tratta di un evento politico organizzato dai Reese e dai miei per dare una bella spinta alla carriera di Jake e farlo diventare governatore di New York City.

Ecco quale sarà il mio lavoro per il resto della vita: essere bella e ricordare nomi. Affascinare le persone giuste.

"Non ci sarebbe comunque molto da vomitare. Oggi non ho mangiato nulla."

"Be', forse è questo il problema." Fa schioccare la lingua. "Vado a prenderti un boccone."

La porta si apre; fa capolino la mamma. "È ora. Vieni qui, Dahlia. C'è stato un cambio di programma."

Ha uno sguardo isterico, da pazza. Per una volta non mi squadra con quel suo fare critico per dirmi che non sono la perfezione assoluta. Mi sa che di sotto qualcosa è andato storto...

Il prete non viene. O la sorella di Jake, la mia damigella stronzetta, si è slogata una caviglia. Vabbè, almeno non può dare la colpa a me.

"Bea, lasciaci sole un minuto," ordina.

"Certo, signora. Stavo comunque andando a prenderle qualcosa da mangiare." Con gli occhi al cielo, passa dietro alla schiena della mamma e soffia nella mia direzione un bacino.

Capisco che la faccenda è seria quando la mamma non le dice che non posso mangiare altrimenti mi viene la pancia e gonfio il vestito.

"Ascoltami bene, Dahlia." Mi prende dalle spalle nude e mi stringe tanto che cerco di scostarmi. Mi scuote.

"Mamma, così mi lasci il segno!" E sicuramente non vuole che le spalle candide come la neve della sua preziosa figlia si chiazzino di rosso appena prima del matrimonio, no?!

"*Ascolta.*" Il tono mi fa passare ogni fastidio. Non

l'avevo mai sentita parlare così. Di solito è controllata, molto elegante. Anche mentre lancia frecciatine.

M'immobilizzo. "Che c'è? È papà?" È sovrappeso, stressato. Sul ciglio dell'infarto.

"No. Sì. Ascoltami!"

La voce mi sale di un'ottava. "Ti sto ascoltando, mamma. *Dimmi che sta succedendo.*"

"Adesso tu percorri quella navata e sposi l'uomo che trovi all'altare."

Batto le ciglia. *Be', ovvio.*

Che abbia esagerato col Valium?

"E?"

Scuote brusca il capo.

È evidente che mi sono persa qualcosa.

Bea bussa e infila dentro la testa. "Ehi, è ora. Vi aspettano tutti."

"Adesso sposi l'uomo che trovi all'altare," ripete, come ci fosse un significato ulteriore.

"Così eravamo d'accordo," dico con vivacità fasulla. Jake Reese, mio promesso da quando avevo tredici anni.

Un uomo che non amo né ammiro. Un cretino pomposo che pensa solo a sé.

Scocco un'occhiata perplessa a Bea, che mi porge il gigantesco bouquet di rose bianche e pesca.

Fa spallucce. "Ora dello spettacolo." Mi raccoglie lo strascico perché mi avvii.

"Giuramelo," mi urla la mamma, rimasta indietro. "Giurami che lo sposi."

Che cavolo le prende?

Bah, non importa. Non ho il tempo di star dietro alle sue crisi istrioniche.

"Sì, adesso vado, mamma." Neanche mi giro. Siamo alle

porte della navata della cattedrale, dove ci aspettano gli altri.

La mamma prende a braccetto uno dei testimoni dello sposo. "Ne va della vita di tutti noi," mi sussurra appena prima di entrare.

"Santo cielo. Non è che ha trovato una bottiglia?" bisbiglia Bea.

Trattengo una risata. Grazie a Dio esiste lei, o non ce la farei mai a sopravvivere a questa giornata!

Prende a braccetto il suo testimone e parte.

Non vedo Britt, mia damigella d'onore. Che sia già laggiù? Strano.

La bambina dei fiori percorre la navata lanciando petali di rosa.

"Tocca a noi." Papà mi porge il braccio.

Nel prenderlo mi rendo conto che pure lui ha una cera orribile. Mi fermo. "Papà... che c'è?"

Suda. Fatica a respirare. Sembra sul punto di crollare a terra. "Hai parlato con la mamma?"

"Sì, ma non capisco. Che succede?"

"Va' a dire i voti a quell'uomo e ce la faremo." Mi trascina in avanti.

Si alzano in ottocento quando i violinisti attaccano col *Coro nuziale* di Wagner.

E ce la faremo.

I piedi avanzano. Lo strascico fruscia alle mie spalle. Non capisco. Non capisco niente.

Gli ospiti si girano in trepidazione verso di me. Sento mormorii, ma non sulla mia bellezza. Corre un ronzio di domande sussurrate.

Chi sposa? Dov'è Jake? Che succede?

Allargo il sorriso finto e lancio un'occhiata allo sposo, laggiù in fondo.

Allora mi rendo conto che non c'è il futuro sindaco di New York City in mia attesa.

Ma qualcun altro. Un moraccione che mi guarda attento.

Ah. *Mi sposo un altro.* Per una questione di vita o di morte.

Mi esce tutta l'aria dai polmoni a mano a mano che mi avvicino.

Oddio.

Impossibile.

È lui. Quello del ballo.

Capitolo due

Antonio

Dahlia lascia cadere il bouquet.

Schiude le labbra.

Benedict si china per raccogliere la cascata di rose e restituirgliela. "Di' i voti," le sibila depositandola all'altare e sollevandole il velo.

Dahlia non mi stacca gli occhi di dosso, non scolla il pallido azzurro dello sguardo dal mio. Gira la testa verso la madre, che piange in prima fila. Poi guarda le uscite, accorgendosi sicuramente che ci ho messo i miei.

"Nessuna via di fuga, Dahlia," mormoro. "Sei stata venduta come schiava."

L'ho detto per pura crudeltà. Per punirla dalle malefatte paterne. E sue.

Dahlia è la quintessenza della scopata vendicativa.

Torna a me. Mi aspetto confusione. Lacrime. Rifiuto. Invece alza il mento. "Mica scappo."

E subito ricordo perché l'avevo corrotta. Mi piaceva l'indole ribelle – che la distingue dai suoi simili. Credevo –

erroneamente – implicasse l'esistenza di un'anima, in quell'involucro perfetto.

Guardo il prete, con cui ho parlato prima che entrassimo. Dovremmo capirci benissimo ormai, visto che ho gonfiato le tasche della chiesa. "Vada avanti."

Saluta il pubblico. "In ossequio ai desideri della famiglia, salteremo le letture e la preghiera per andar dritti alle formule. Antonio e Dahlia, siete qui riuniti per sposarvi senza coercizione, liberamente e sinceramente?"

Annuisco. "Sì."

Dahlia guarda i suoi, qui davanti. Entrambi le fanno vigorosi cenni affermativi. Si gira allora verso le damigelle, perplesse quanto lei. Bea scuote addirittura la testa.

Io piego la mia per scoccare alla sposina un'occhiata d'avvertimento. Non mi conosce – non sa di cosa sono capace, chi sono. Dubito persino sapesse come mi chiamo, prima delle parole del prete. Ma capisce lo stesso. Si vede: impallidisce e deglutisce.

"Sì." Devo riconoscerglielo, parla con voce chiara e serena.

Le è stato insegnato a recitare – oggi si meriterebbe l'Oscar.

"Siete pronti, nel cammino del matrimonio, ad amarvi e onorarvi per tutto il resto della vostra vita?"

"Sì," dico.

"Sì."

"Siete pronti ad accettare amorevolmente dei figli da Dio e a crescerli secondo la legge di Cristo e della Sua Chiesa?"

Viene scossa appena dallo shock all'accenno alla prole, ma dopo un'altra occhiata veloce ai genitori, dopo di me risponde: "Sì."

"Date le vostre intenzioni di entrare nel patto del Santo

matrimonio, prendetevi le mani e date il vostro consenso davanti a Dio e alla Sua Chiesa."

Prendo la mano della verginella, dalle dita fredde e tremanti. "Io, Antonio Beretta, prendo te, Dahlia King, come mia sposa."

Al mio cognome trasaliscono tutti.

"Giuro di esserti fedele sempre, nella buona e nella cattiva sorte, in salute e in malattia, e di amarti e onorarti tutti i giorni della mia vita."

Esatto, belli. Il re degli yacht si è visto servire una bella vendettina.

E adesso non resta altro che riservare alla figlia lo stesso trattamento.

Un secondo round che mi aspetto persino un pochino più piacevole del primo...

Dahlia dice i voti da brava bambina, e ci scambiamo gli anelli. Sì, le do quello compratole dal promesso. Gliel'ho fregato prima d'infilarlo con la famigliola nella limousine che li avrebbe riportati a Manhattan – sotto le attente premure dei miei. Lascio a Benedict le spiegazioni – che sicuramente gli faranno prendere la cosa con la dovuta grazia.

Il prete ci dichiara marito e moglie. Non parla di baci, ma io mi so tranquillamente arrangiare. Le poso la mano sul volto immacolato e glielo piego verso il mio.

La rabbia le balena negli occhi pallidi quando abbasso la testa. Tengo la bocca appena sopra alla sua. "Fa' la brava e bacia tuo marito," mormoro.

"Vaffanculo," sussurra lei, ma sale sulle punte per un bacio veloce. Cerca di scostarsi, ma la tengo ferma e premo le labbra sulle sue. E le infilo la lingua in bocca davanti a tutti.

Sale un'inspirazione collettiva. I mormorii aumentano

di volume mentre continuo a saccheggiare la bocca della sposina.

Sa di dentifricio alla menta. Le labbra sono morbide come le ricordavo. La pelle liscia. Peggio per me, direi. Ma baciare Lolita non giustificava tre anni di gabbio.

Si divincola, mi spinge via, ma la tengo forte.

Deve imparare che in questo matrimonio non avrà potere su nulla. Soprattutto sull'uso che farò del suo bel corpicino.

Arretro, sempre tenendole il volto. Le accarezzo lo zigomo col pollice. "Ogni disubbidienza porterà a conseguenze, *principessa*."

Non proferisce verbo, ma le sale dal petto un piccolo sbuffo d'indignazione.

"E ora sorridi, prendimi a braccetto ed esci di qui con me. Sono il re degli yacht, e tu sei il mio premio."

La conduco dritta fuori, dove fra i sorrisi e gli sventolii delle mani veniamo tempestati dal riso; poi saliamo nella limousine che ci aspettava.

"Allo yacht."

Il regalo di compleanno di Benedict per la coppietta è un bellissimo yacht nuovo di pacca battezzato *Luna di miele* – comprato col denaro di mio zio. E che adesso è mio. Ho già detto a Benedict di chiamare per ordinare al suo staff di scendere – a tutti tranne che al capitano, anche lui di mia proprietà ormai. Al comando ci stanno i miei. Il mio ramo della famiglia Beretta ha inaugurato un nuovo quartier generale.

Dahlia guarda incredula fuori dal finestrino. Mi sporgo su di lei per abbassare il vetro fumé. "Sorridi e saluta con la manina, tesoro. Fagli vedere quanto sei contenta."

Mi aspetto un altro *vaffanculo,* invece brontola: "Non chiamarmi *tesoro*." Però ubbidisce. Ci sta, dai. Si fa prendere da ribellioni minuscole – da privati barlumi di forza di volontà che non ne intaccano l'ubbidienza esteriore. Come fosse incapace di uscire dallo stampino creato per lei, nonostante lo odi così tanto.

Quando ci siamo lasciati la calca alle spalle, si volta a guardarmi. "Cos'è successo... *Antonio?*"

Sputa il mio nome, neanche l'offendesse. Neanche gliel'avessi tenuto nascosto per anni.

"Mi sono preso ciò che mi era dovuto." Mi appoggio allo schienale con la soddisfazione che mi scorre per le vene.

Apre e chiude la bocca, poi la riapre. "Sarei *io* il dovuto?"

"L'attività lo era. Tu sei la ciliegina sulla torta. Il *coup de grâce*, come si dice."

Chissà se il francese la colpisce. Se si chiede come ha fatto a giungere a tali vette di raffinatezza il camerieruccio che permise al padre di portar via di peso la sera del ballo. Di certo non ho studiato in una scuola privata di Parigi come lei. No, io ho studiato in prigione. Il corso di francese per corrispondenza è stato uno dei tanti che ho seguito mentre tramavo la vendetta.

Mi serviva sapere di tutto per riuscire a prendermi completamente la vita di Benedict King.

In totale confusione, Dahlia mi fissa.

Ah. Non sa cosa mi è successo.

"Ti sei mai chiesta cosa ne fosse stato di me, *principessa?*"

Arrossisce sulle gote, forse al ricordo di ciò che le feci in dispensa. "Certo!" fa, accaldata.

Figurati se ci credo. Il padre non ha sicuramente fatto cenno a me o a quel che avevo fatto. In effetti neanche mi aspettavo mi riconoscesse all'altare. "Non fingere d'aver pensato a me." Le accarezzo la guancia, ma si scosta brusca.

"Non so cosa stia succedendo. Perché hai voluto sposarmi? Dov'è finito Jake? Come fai a controllare i miei?"

L'allusione al fidanzato mi fa fin digrignare i denti. Saranno anni che lancio freccette ai ritagli di giornali che li raffigurano e che tengo appesi al muro. "Tutto a tempo debito, *bella*."

"No. Dimmelo subito."

"Oh, Dahlia. Una cosa su questo matrimonio te la dico." Le sparo uno sguardo pericoloso. "Non sei tu a dare gli ordini."

S'infiamma di rabbia, ma chiude secca la bocca e non ribatte. O l'hanno educata troppo bene o ha troppa paura. Non so perché, ma spero nella prima.

Torna a volgersi verso la cattedrale. "Il ricevimento lo saltiamo?"

M'immagino quanto le sia difficile digerire il fatto che il perfetto matrimonio della mamma sia stato accuratamente sabotato. "Sì, amore. Rimarrai in gabbia finché non ti avrò in pugno a sufficienza."

Porta le dita al diadema, che si toglie di colpo lasciandosi ricadere delle ciocche sulla fronte. Par quasi sia stata in galera... vista la mancanza di preavviso con cui mi attacca usandolo come arma – puntando nientemeno che agli occhi!

L'agguanto al volo dal polso, ma non prima che mi abbia graffiato la fronte.

Spalanca la bocca dallo shock nell'accorgersi di avermi fatto sanguinare.

Di fronte a tanto fegato, emerge una sorta di ammirazione risentita. Che lottatrice. Ah, la sconfitta finale sarà ancora più dolce...

"Ecco l'indole ribelle che ricordavo." Non le mollo il polso, e col braccio libero la sollevo dalla vita per mettermela in grembo. Per un attimo m'innervosisce la soddisfazione che provo nel sentirmi questo culetto morbido sull'uccello, nel palpeggiarle le linee snelle della vita sotto al broccato di seta dell'abito. Nel cogliere il suo profumo di miele e zenzero. "Adesso ti punisco. Getta l'arma, tesoro."

Invece di aprire le dita però si butta in una gara di forza. Cerca di sbattermi quel maledetto aggeggio sulla faccia.

"Dahlia." Non alzo la voce – l'abbasso.

Inspira forte – probabilmente ha percepito il pericolo che trasuda il tono.

"Insegnarti l'ubbidienza sarà un piacere... tutto mio."

Dahlia

Ma come ci sono finita a combattere contro a questo qui?

Contro... *Antonio*. Il ragazzo con cui ho vissuto il momento più eccitante della mia vita. E che dev'essere diventato un delinquente. Sicuramente un mafioso.

Dovrei essere impietrita dalla paura, visto che sono stata io a sferrare il primo colpo... ma non lo sono.

Ha un che di troppo familiare – nonostante ci sia stata insieme solo due ore in totale. Anche se mi minaccia, mi sento abbastanza al sicuro.

Forse perché prima mi ha tirata sul suo grembo. Come mi volesse più vicina, non più lontana.

O forse per il tono dolce che ha usato nel promettermi la pena – e che mi fa venir voglia di capire cosa intenda farmi di preciso, dovessi disubbidirgli.

L'aura da ragazzaccio cattivo ce l'ha ancora tutta.

Ma la paura è sufficiente a frenare la mia insistenza.

Mollo il diadema.

"Brava." Si porta le mie dita, ancora strette, alle labbra

per mordermi le nocche. Non forte, mi mordicchia appena. In una punizione minuscola. O forse in un avvertimento.

Non dovrei adorare la sensazione che la parolina *brava* mi suscita. Il calore che mi striscia fra le gambe. L'innalzamento della temperatura. Il conseguente divincolarmi sulle sue cosce dure. Ne sento l'erezione.

"Così mi lasci un livido," mi lagno – mi stringe troppo forte il polso.

Lo lascia, e sollevando il pollice lo pulisco dalla macchia di sangue sulla tempia. Mi osserva con saldissimo sguardo dorato.

E quasi ricordo che fu proprio il suo sguardo a farmi perdere il senno all'epoca.

Quando mi prese per mano per trascinarmi nella dispensa e baciarmi fino a farmi perdere i sensi. Quando con le sue grandi mani mi accarezzò le spalle nude.

Ma non riesco a immaginarmi cosa sia potuto accadere da allora a oggi. Non ho idea di che ci faccia qui. Del perché sia mio marito. Di cosa sia accaduto a Jake Reese.

Cerco di mettere insieme gli indizi. "Mi hai sposata per via degli affari di papà?"

Sbuffa. "No, *principessa*. Tuo padre mi aveva già dato tutto. Ti ho presa perché potevo."

Lo fisso. "Ma *perché?*" Una parte oscura, disperata e bisognosa di me vuole sentirsi dire che conto qualcosa per lui... tanto quanto lui è stato qualcosa d'incredibilmente significativo per me.

Improbabile, comunque. Cosa poteva mai significare una quindicenne viziata e privilegiata per un ragazzo di mondo? Per uno che chiaramente veniva dalla strada, uno che conosceva chissà quali peccati e piaceri? O almeno così lo vedevo.

Però è cambiato. Il cattivo ragazzo è diventato un uomo, e ciò che un tempo sembrava pericoloso ormai è fin letale.

M'ingabbia la gola con la mano e mi gira la testa da una parte all'altra, come a esaminarmi. Come fossi un pregiato cavallo da corsa da comprare all'asta.

Mi passa il pollice sul labbro inferiore. "Perché, *bella*, sei la ragione di tutto. Per certi versi sei stata tu a fare di me il re degli yacht."

Parla per indovinelli. Cerco di saltargli giù dal grembo, ma non me lo permette.

Mi piglia per la vita e mi leva le forcine dai capelli. "Per me dovrai tenere i capelli sciolti," ordina.

Scelgo di ignorare il detestabile editto e di passarmi le dita sui capelli davanti. "Non staranno." Non perché ritengo sia mio compito uniformarmi ai suoi gusti, ma più perché ora odio questa chioma mossa, innaturale e rigida. Odio i capelli raccolti. "Mi ci hanno messo troppa lacca."

"Fammi vedere." Aggiunge le sue dita al mix per pettinarmeli e sistemarmeli di lato. Mi mette una ciocca dietro all'orecchio.

Il gesto cova una tenerezza falsa che mi fa rabbrividire. Come la volessi vera, e fosse la sua falsità a spaventarmi.

"E poi ti vestirai per me."

Stavolta non riesco proprio a trattenermi. "Va' a quel paese," sbotto. "Non so cosa tu abbia in mente, ma non rimarrò certo qui a scoprirlo."

Antonio assume un'espressione di ghiaccio. "Sì invece, Dahlia. Ormai sei mia moglie. E la vita dei tuoi dipende dalla tua continua cooperazione, *bella*. Ti prego però di mettermi alla prova, come già ti ho suggerito. Per me sarà un gran piacere guidarti la manina."

Mi divincolo. Mi rigiro sul suo grembo. Solo per liberarmi, mi dico, ma è possibile stia cercando di alleviare il dolore che mi è salito fra le gambe alle sue parole.

"Che schifo," mi lagno. Come i miei, anche lui mi tratta come una bambina da raddrizzare. Perciò rispondo con la petulanza.

Sempre tenendomi stretta con un braccio, prende una bottiglia d'acqua frizzante, la apre e me la porta alle labbra.

Cerco di afferrarla io ma me la scosta, l'allontana. Non me la riavvicina alla bocca finché non abbasso le mani. Accetto l'acqua – d'un tratto muoio di sete.

La limousine si ferma con calma, e Antonio aspetta che un uomo in giacca e cravatta ci apra la portiera. Sembra un mafioso anche lui.

Parla con lui in italiano. Il tipo risponde tranquillo mentre Antonio smonta e mi prende per mano.

Mi sforzo di seguire lo scambio, ma non conosco una parola della loro lingua e a scuola ho fatto troppo male latino perché mi torni utile. L'unica lingua straniera che ho imparato davvero è il francese, e solo perché i miei mi mandarono a studiare un'estate a Parigi.

"Vieni, *Principessa*." Mi trascina verso lo yacht che avrebbe dovuto essere il vistoso regalo di nozze di papà. Un oggettino di cui le riviste di livello avrebbero scritto e che avrebbero fotografato.

Settantacinque metri di lunghezza, l'enorme imbarcazione ha piscina e jacuzzi sui ponti superiori, uno sconvolgente atrio a doppia altezza e quattro ponti inferiori. Per intrattenere gli ospiti, che possono occupare fino a sei cabine private, ci sono la sala cinema e un'elegante sala da pranzo. La cabina padronale ha un soffitto a volta travato ed è abbastanza grande da accogliere un re.

Papà l'ha chiamata la *Luna di miele*. Me l'ha mostrata quand'era già finita – non perché fosse un vero regalo per me, ma perché la memorizzassi in tutte le caratteristiche e tutti i dettagli cosicché ne sapessi glorificare le qualità durante i tour, nonché alle feste e alle riunioni politiche che vi avremmo tenuto.

Chissà quanto si sta deprimendo adesso. Tutta la sua fortuna e quel prezioso premio di sua figlia – l'unica sua figlia – sono state prese da un boss mafioso. La nostra reputazione sarà per sempre infangata dalla delinquenza.

Antonio mi spinge verso lo yacht e io freno. Chissà perché, ma so che una volta salita sulla *Luna di miele* non ci sarà ritorno. Come se i voti pronunciati in chiesa non fossero reali quanto questo gesto. Quanto questo momento, quello in cui cambierà tutto.

Mi lancio un'occhiata frenetica intorno, nella speranza di vedere qualcuno che lavora per papà. O un poliziotto. Chiunque mi possa aiutare.

Antonio non dice nulla, ma subito mi ritrovo a percorrere la passerella sulla sua spalla.

"Smettila!" Scalcio. "Mettimi giù! Non ci vengo con te."

Ignora le proteste, e mi porta sullo yacht nell'oltraggiosa posizione di un sacco di patate.

È allora che mi rendo conto che non s'è imbarcato nessuno degli uomini di papà. Sono stati tutti sostituiti da mafiosi. Dall'aria armata e pericolosa.

Per la prima volta vengo travolta da paura vera. Finalmente comprendo davvero le minacce ai miei e il loro evidente terrore. Chissà perché finora non ci ero arrivata. Forse ritrovarmi all'altare il protagonista di tante fantasie – che mai mi sarei aspettata di rivedere – mi aveva spento gli allarmi interni.

Che adesso però risuonano in ogni singola cellula. Fin dentro alle ossa.

Questo qui è pericoloso. Ha ucciso persone. E al momento tiene sotto tiro me e i miei parenti.

Aggiusto il tiro. "Ti prego," azzardo. "Scusa. Antonio, ti scongiuro, mettimi giù."

Mi rifila uno schiaffone al sedere. "Sì, implora, tesoro. Mi piace un sacco."

Mi trattengo forte dal ribattere *non chiamarmi tesoro* per costringermi a smettere pure di scalciare. "Ti prego," ritento.

Mi porta alla cabina padronale e chiude la porta. L'arredamento interno dello yacht è stato pensato nientemeno che da Caroline Ferdova, e questa camera sfoggia una carta da parati con gru oro e argento e un tappeto bianco a pelo fitto e lungo che per la fine di questo primo viaggio sarà già sozzo.

È stata arredata per la mia luna di miele. Sul copriletto candido sono sparpagliati petali di rosa.

Flûte di champagne se ne stanno sul comodino.

Antonio mi molla al centro del materasso. Un seno mi salta fuori dall'abito – mi affretto a coprirlo.

Oddio.

D'un tratto mi rendo conto di una cosa che in limousine e in chiesa mi era completamente sfuggita.

Il finto matrimonio dovrà essere consumato.

Lascio saettare gli occhi al mio sposo, e una sconvolgente ondata me lo conferma sconquassandomi tutta. Ha le palpebre socchiuse, la lingua che pulsa contro alla guancia: mi divora il corpo con sguardo ribollente.

"Non lo faccio con te!" dico rapida, prima che si vada avanti.

Storce le labbra. Alza un sopracciglio solo. "Sì invece, Dahlia."

Striscio indietro sul materasso, e lo strascico mi si solleva goffo fin sulle ginocchia. "Mai. Non puoi... non lo faresti... sarebbe stupro!" Ormai l'isteria ha quasi avuto la meglio.

Come a sottolineare il momento, lo yacht si avvia, allontanandomi da ogni speranza di salvezza.

A dire il vero mi ripugnava più l'idea di consumare il matrimonio con Jake, ma non mi arrendo mica. Non mi farò violentare come niente fosse. C'è un limite a tutto!

Ma Antonio non sembra più divertirsi tanto. Anzi, la boccuccia sexy è storta in maniera inquietante. "Non ti violento." Ora, così immobile, risulta molto più minaccioso di quando mi s'avvicinava furtivo. "Ti consegnerai a me di tua volontà. Anzi: m'implorerai di farti godere."

Tanta sicurezza mi fa venire la pelle d'oca. Ah, quanto mi odio – vorrei tanto sapere cosa mi farebbe per farmi implorare...

"E non scenderai dallo yacht prima della consumazione del matrimonio." Va al letto e mi tende la mano. "E adesso vieni qui a prendere la punizione."

Schiacciata contro alla parete, mi lascio sfuggire una risatina isterica. "Non credo proprio."

"La raddoppio se devo venire a prenderti io."

Capitolo tre

ntonio

Devo ammetterlo: la mia sposina è una squisitezza. I capelli mori le ricadono sulle spalle, a incorniciarle il pallido volto a cuore e gli intelligenti occhi azzurri... perfezione che non farà che accrescere il fremito della vittoria – quando sicuramente la prenderò.

Devo fare violenza sulla mia risolutezza per esserle crudele. Si era già addolcita quando l'ho toccata: potere di una donna bellissima.

Così mi tentò quando ci conoscemmo... portandomi alla rovina.

Non significa che adesso non mi godrò appieno il viaggio.

Resto a mio agio, una mano nella tasca dello smoking e l'altra ancora tesa, da vero gentiluomo.

"Ultima possibilità, Dahlia. Vieni a farti punire di tua volontà o t'imporrò delle restrizioni sul vestiario."

Punizione che mi sono appena inventato – adesso però che ci penso, spero tanto si ribelli!

Le guance pallide si arrossano d'un rosa pesca, ma non si muove.

L'uccello mi preme contro alla cerniera dei pantaloni. Rapido, mi lancio sul letto per agguantarla, attento a non strattonarla e a non lasciarle segni.

Si divincola, si ribella, perciò la tengo in una presa semplice: le braccia le bloccano i fianchi, il suo morbido sederino premuto contro alla mia pancia.

Dopo un attimo la pianta e cerca di girarsi a guardarmi.

"Devo legarti per le sculacciate, *principessa?*"

Mi scocca un'occhiataccia.

Mi arrischio a mollarla lentamente, ma non batte ciglio. La volto delicatamente e le spingo il busto sul lato del letto. "Spalanca le gambe, *amore.*"

Non ubbidisce – non che me lo aspettassi. Mi sa che basta già che non cerchi di cavarmi gli occhi.

Le sgancio lo strascico, poi abbasso la cerniera dell'abito finché quest'ultimo non le ricade ai piedi in una vaporosa nuvola bianca.

Non porta reggiseno. Se ne sta qui con tacchi, giarrettiere, calze di seta candida e mutandine bianche di pizzo che implorano di farsi levare.

Le tengo la mano sulle scapole e le rifilo uno schiaffone al culo – né troppo forte né troppo dolce.

Il necessario per farla trasalire.

"*Principessa*, quando ti do un ordine, mi aspetto ubbidienza." Altra botta – stavolta sull'altro lato.

Continuo, prima una natica poi la seconda qualche altra volta, dopo le infilo i pollici nell'elastico delle mutande e gliele abbasso lentamente sulla parte superiore delle cosce.

Inarca la schiena, il viso sempre affondato nel copriletto.

"Brava." Si merita le lodi: la sta prendendo bene.

E poi punirla mi fa godere come un animale.

Molto più del previsto.

Le mie fantasie erano concentrate solo sulla vendetta. La ragazzina di buona famiglia che sette anni fa era troppo elevata per me si sarebbe ritrovata completamente alla mia mercé. Volevo spaventarla. Intimidirla. Farla pentire di avermi anche solo incontrato.

Miravo a punirle il padre più che altro, ma anche a insegnare una lezioncina alla viziata riccastra.

Adesso che è in camera mia, adesso che è mia moglie, il desiderio di punirla si è trasformato in qualcosa di più... piacevole. Decisamente perverso.

La migliore vendetta del mondo sarebbe portare a compimento la dissolutezza di questa perfettina mondana. Addestrarla a ubbidire tramite piacere e dolore.

Le accarezzo le carni nude, notando il calore che ho già suscitato, il rossore delle mie impronte.

Gira la testa allarmata, temendo senza dubbio che voglia sverginarla. Le rispondo con uno schiaffone forte.

Torna a nascondere il viso.

Con calma, lentamente, mi godo i rimbalzi della carne sotto al palmo, il canto dei ceffoni che riempie la stanza. Non le provoco dolore vero. È più un'imposizione del mio volere.

Dahlia sussulta e si dimena – facendomelo venire duro, gonfiandomi le palle di bisogno. Ma dicevo seriamente: non la forzerò. Quel confine è inviolabile.

Dovrò solo farle vedere tutto ciò che si perde. Surriscaldarla fra i tremiti... e poi negarle ogni soddisfazione. Dopo sufficienti ripetizioni alla fine m'implorerà.

Mi fermo per infilarle due dita fra le gambe. Non è bagnata. *Cola.*

"Mmm. Già goccioli, Dahlia. Ti piacciono le sculacciate?"

"Cosa? No!" sbotta incrociando le gambe.

Mi scappa da ridere. "Cerchi di alleviare la sofferenza che ti do, *bella*?"

Strizza ancor di più l'interno coscia.

Riattacco con gli schiaffoni, aumento l'intensità finché non le ho fatto tutto il culo d'un rosa adorabile.

"Apri le cosce," ordino.

Non si muove.

Un paio di ceffoni – molto più forti di prima – e strilla. "Ah! Ahi! Così mi fai male."

"Spalancati, tesoro."

Sbroglia le gambe e le socchiude di tre centimetri.

Le immergo le dita nei succhi, premiandola col piacere.

Stavolta resta immobile, come in ascolto del movimento delle dita. Come volendo di più.

Con calma, le esploro le pieghe. Le traccio dei cerchietti sul clitoride. Aumento la pressione. Mi si struscia sui polpastrelli. Chissà se ha mai avuto un orgasmo... chissà quanto tiene a questa verginità. Ai balli limona coi ragazzi? Fa tutto... tranne una cosina?

Pensiero che mi fa travolgere da un'ondata di possessività. Dal desiderio di uccidere chiunque l'abbia mai toccata.

Tolgo le dita di lì per rifilarle qualche altro schiaffone punitivo – anche se non ha fatto nulla per meritarselo.

"Smettila!" grida.

"Incassa e muta, *principessa*. Da adesso in poi funziona così."

Allunga le mani dietro per coprirsi il sedere. Le raccolgo i polsi all'altezza delle reni con una mano sola e riprendo l'esplorazione delle pieghe. I tessuti sono già gonfi, pieni di desiderio, in uno sboccio che è tutto per me.

L'ascolto accelerare la respirazione. Scopro cosa le fa

serrare la fighetta sul nulla. Le avvito un dito nell'ingresso stretto.

È decisamente vergine.

Si blocca, le gambe che tremano, la pancia che si alza e abbassa a ritmo dei suoi ansiti. Le uso delicatezza: entro ed esco lentamente, torno al clitoride e poi ridiscendo all'ingresso per rientrare, in un circuito di piacere.

Le sfugge dalle labbra una piccola espirazione. Poi un gemito.

Ma non le do alcuna soddisfazione. La voglio bisognosa. Famelica.

Le do solo un assaggino del piacere che potrei darle. Poi mi ritiro. Mi siedo accanto a lei e me la tiro in braccio.

"Punizione finita. L'hai presa bene." Le bacio la spalla nuda e rabbrividisce.

"Perché fai così?"

L'accarezzo col palmo sul fianco nudo, godendomi la morbidezza della sua pelle. "Perché posso, *principessa*." Le passo il polpastrello su per l'interno coscia e serra forte le gambe. Ce l'ha ancora viscida – mi lascia una scia d'umidità sui pantaloni eleganti.

Le brontola lo stomaco; vi posa la mano, come imbarazzata.

"Hai fame." La sollevo, mi alzo e vado alla porta per parlare a uno dei miei, qua fuori. Quando rientro la vedo correre a rimettersi il vestito da sposa.

"Niente vestiti." Uso un tono severo, di modo che capisca che con me non si scherza.

Ma lei ancora si sbraccia per chiudersi la cerniera.
"Dahlia."

Raggela e mi guarda negli occhi, le labbra tirate, il mento altezzoso.

"Non costringermi a ripetermi."

Le fumano fin le narici, e per un attimo non si muove; poi apre le dita tutte insieme e lascia ricadere a terra il pesante tessuto. "Per quanto?"

Sveglia. Pone le domande giuste. C'è sicuramente una mocciosetta in lei, ma sa quand'è il caso di mordersi la lingua e aspettare. Sarà anche stata creata per il ruolo dell'insipidina dell'alta società, ma sospetto che veda oltre le menzogne della sua esistenza. Vede – o almeno vuole vedere – il quadro generale.

"Finché non te li riguadagni comportandoti bene."

Si porta le mani sui fianchi. Mi piace vederla così, occhi negli occhi, nuda a parte la giarrettiera, le calze e i tacchi. Le ho strappato di dosso i vestiti, ma non si nasconde dietro a una foglia di fico. Non le ho scalfito minimamente l'orgoglio. La sua femminilità sarà flessibile – sceglie quali battaglie combattere – ma non è una debole. È ancora l'esuberante ragazzina che venne a cercarmi durante il ballo della sua maggiore età.

Strizza gli occhi. "Non verrò a letto con te."

"Me l'hai già detto. Però mi ubbidirai. So che sei stata cresciuta per diventare una brava mogliettina. Dimostrami che sai esserlo anche con me e andremo d'accordo."

Un lampo le trafigge gli occhi. "Sono stata cresciuta per diventare la moglie *del presidente*," sbotta. "Non di un teppistello."

Eccola. La derisione che aspettavo. La convinzione che non sia alla sua altezza. Che le rovinerò il pedigree.

Be', ottimo. Proprio queste stronzate volevo.

Alzo un sopracciglio. "Mi par di ricordare una certa bramosia d'assaggiare il *teppistello*, al nostro primo incontro."

Avvampa.

"E adesso sono tutto tuo." Spalanco le braccia, ma senza sorridere. "Credimi, Dahlia: hai proprio ciò che ti meriti."

S'immobilizza, le labbra che si socchiudono, come cercasse di decifrare le mie parole.

Come sospettavo, non è un'idiota.

Marcia rapida da me. "E *perché* me lo meriterei? Cos'ho fatto di male?"

Le permetto di scrutarmi bene, poi annuisco. "Questo è il mistero da risolvere, no?"

* * *

Dahlia

Mi hanno cresciuta perché diventassi carina, perché seguissi le buone maniere e fossi in grado di sostenere una conversazione con chiunque valesse la mia attenzione. Mi sono pure laureata allo Smith College, anche se in Musicologia. Nulla mi ha mai preparata a una situazione del genere. Come sette anni fa, con Antonio sembro fare sempre la figura del pesce fuor d'acqua.

Bussano alla porta, e Antonio mi indica. "Infilati sotto le coperte, Dahlia." Il tono è brusco, come fossimo a un'imboscata, non vicini al rischio che i suoi mi vedano nuda.

Interessante. Mi vuole come mamma m'ha fatta... ma solo per i suoi occhi.

Incamero l'informazione. Mi servono tutti i dati possibili, incluse eventuali manie e debolezze di questo qui, se voglio uscirne.

Mi mostro ubbidiente, come richiesto; mi levo le scarpe e salgo sul letto. Mi tiro le coperte sui seni. Sono ancora tutta in fiamme per la punizione. Le sculacciate sono state modeste – non credo volesse farmi male: voleva dominarmi. Umiliarmi.

Ma il sedere brucia e ormai è bollente, e in mezzo alle gambe ho una pulsazione rovente che quasi mi fa dispiacere di aver dichiarato che mai lo farò col mio sposo.

Entrano due uomini – chiaramente entrambi mafiosi – con un tavolo preparato. Tolgono i coperchi da due piatti pieni di roba di ogni sorta. Il profumino mi fa brontolare di nuovo lo stomaco.

Un terzo – sempre dei suoi – porta dentro il secchiello dello champagne in ghiaccio.

Parla con Antonio in italiano, e quando il mio nuovo maritino annuisce stappa la bottiglia e riempie due alte flûte.

Non appena i dipendenti – gli sgherri o quel che sono – escono, Antonio mi scosta una sedia e alza le sopracciglia, in attesa.

Ubbidiente, scendo dal letto per accomodarmi. Come mi avvicino mi accelera il respiro e vengo percorsa da un fremito di consapevolezza. Gli si oscurano gli occhi: mi studia in occhiate carezzevoli le curve dei seni nudi. Sollevo il mento – mi rifiuto di arrossire o rabbrividire sotto al suo esame!

Ok, va bene, forse un po' rabbrividisco pure... ma mi rifiuto di farglielo vedere!

Gli si sollevano gli angoli della bocca.

Sempre a testa alta, mi siedo dove mi ha indicato; lui mi spinge la sedia sotto al tavolo, da perfetto gentiluomo.

Fingo che mangiare senza vestiti sia normale per me. Mi sistemo il tovagliolo sul grembo e aspetto che il mio maritino si accomodi a sua volta.

Prende una flûte. Decisa a stare al gioco finché non ne saprò abbastanza da levarmi di torno, prendo la mia.

"Alla vendetta."

Vendetta. Avrei dovuto dedurre che questo era il

giochino... ma dato che non mi vengono in mente ragioni che possano portare Antonio a vendicarsi di me o di papà, non sono del tutto convinta. Esito. Non avvicino il calice al suo. "Vendetta per cosa?" So che non risponderà.

L'osservo in viso mentre glielo chiedo. Invece che un luccichio soddisfatto, vedo una durezza di pietra. Posa il bicchiere senza neanche bere. Come se le motivazioni di questa famigerata vendetta fossero vere. Come gli avessimo in qualche modo nuociuto.

Papà gli ha fatto del male? Bah, difficile a credersi. Cosa c'entra lui con Antonio?

Ah.

"Ti fece qualcosa." Mi si mozza il fiato, mi si secca la gola. "Mio padre... al ballo ti fece qualcosa. Cosa?"

Resta di granito in viso. Non batte ciglio, non proferisce verbo.

Poi si leva di colpo la giacca e uno dei gemelli. Lentamente e con metodo si arrotola una manica su per un avambraccio tutto fasci muscolari. A metà braccio c'è un tatuaggio con tre cubi.

Lo indica, come avesse un significato. Chissà quale però.

"È un tatuaggio da prigione."

Aspetto. Continuo a non capire.

"Sai perché sono stato in prigione?"

Oddio. Mi viene subito una nausea pazzesca. Il profumino di prima adesso mi rivolta lo stomaco.

Batto le ciglia per scacciare le lacrime. "N-Non..." – soffoco – "non a causa mia..."

Fa un solo cenno di assenso, gli occhi color del whiskey incollati ai miei.

"Ma... perché? Non facesti nulla di male. Disse... disse che mi stuprasti?" La voce mi esce roca e secca.

Gli scappa una risatina ansimante – e ben poco allegra. "No. Ti avrebbe rovinato la reputazione perfetta, Dahlia. E il sindaco non ti avrebbe voluta più. No, s'inventò una storiella e corruppe tre testimoni che la corroborassero: l'avevo derubato.

"Dopo avermi fatto spaccare dalle guardie quattro costole, il naso, lo zigomo e tre denti."

Le lacrime ormai scendono a fiumi. Impossibile. Assurdo...

Malgrado però non abbia mai visto papà dimostrare la minima violenza... so che è vero. È uno spietato imprenditore. Perseguita i nemici, li annienta. Ma non avevo mai pensato potesse sconfinare dalla legge... o addirittura dalla moralità.

"Antonio..." Ansimo ancora. "Non ne avevo idea, giuro. Mi dispiace enormemente."

"Ti credo." Mi guarda freddo. "Grazie. Sinceramente però tanto dispiacere mi deruba di parte della soddisfazione. Perciò torna a essere la debuttante snob, così posso continuare a torturarti."

Mi ci vuole un attimo per riprendermi dallo shock della sparata. "Fino a quando?"

"Cosa?"

"Fino a quando intendi torturarmi? Quando sarai soddisfatto? Non ti basta esserti preso la *King Yachts* e aver messo in imbarazzo mio padre davanti a tutta l'alta società di New York?

"Vuoi tenermi qui per sempre? E cos'accadrà? Vuoi dei figli da me? Devo farti da brava mogliettina della mafia? Vuoi davvero un matrimonio privo d'amore?"

"Ah..." fa Antonio. "Nel senso che ami il tuo prezioso sindaco?"

Mi si surriscalda la faccia – non tanto dalla vergogna,

quanto dall'oltraggio che è la mia intera vita. Io non ho mai neanche potuto pensare di amare. "No, ma io non avevo scelta! Tu sì. Perché agire così? Non credi nell'amore?"

Arriccia il labbro superiore, però dice: "Certo che ci credo. Agisco così per amore."

Mi sconvolge l'ondata di gelosia che mi piglia alle sue parole, la bile che mi sale in gola. C'è un'altra? Una fidanzata che all'arresto ha dovuto lasciare? "Per amore di chi?" sbotto.

Piega appena il capo per puntare il naso su di me. "Di mia madre."

Batto le ciglia. "Prego?"

Raccoglie la forchetta e la usa per indicarmi il piatto. "Mangia, Dahlia."

Malgrado il rimestamento emotivo, lo stomaco mi spinge a ubbidirgli. Prendo la posata anch'io e la tuffo nel soffice mucchietto di purè innaffiato di riduzione di Cabernet. Antonio taglia la bistecca e mangia un boccone.

Ceniamo in silenzio per qualche momento – sospetto che non proverà neanche a spiegarsi, ma dopo il secondo boccone fa: "Ha sempre desiderato vivessi nella legalità." Beve un sorso di champagne.

Prendo il calice e me ne scolo metà.

"Sono nato fra i Beretta. Mio padre morì per la *famiglia* quando avevo quattro anni. Mia madre per me voleva qualcosa di diverso.

"Fece di tutto per tenermene alla larga. Per quello la sera della festa della tua maggiore età lavoravo per un'azienda di catering. Avrei potuto affidarmi ai miei cugini, al lato sbagliato della legge... ma rifiutai. Mi ero scelto una strada legittima. E poi baciai la ragazza sbagliata."

Mi si serra il petto. "Mi dispiace."

"Mi sa che eri una tentazione troppo grande."

M'infastidisce la mia reazione al commento – il rossore di piacere che mi sgorga dal petto mi scende giù, fin in mezzo alle gambe.

Il rancore gli infiamma lo sguardo. "E adesso sei mia. Sono stato il primo a infilarti la lingua in bocca, Dahlia?"

Ora il calore torna al petto, e sale al collo. Che effetto mi fa!

"Eh? Sono stato il primo?"

"No. Ma..." M'interrompo prima di svelare troppo. *Ma sei stato il primo con cui mi è piaciuto. Il primo da cui avrei voluto di più.*

"Ma cosa?"

Do uno scossone della testa. "Niente."

Alza il sopracciglio e aspetta, ma mai gli darò la soddisfazione di sapere quanto mi ha cambiato la vita quel bacio.

La sicurezza con cui mi ha preso la mandibola in mano per tuffarmi la lingua dentro... con cui l'altra mano mi ha strizzato e palpeggiato il sedere. Il mio corpo incollato ai suoi muscoli. Non ci avessero beccati forse quella notte mi sarei concessa... me l'avesse chiesto.

Mi consideravo una tipetta sveglia, ma Antonio mi mandò il cervello in pappa con un solo bacio.

"E sarò il primo a infilartela fra le gambe?"

Capitolo quattro

ntonio

A Le serra di scatto, le pupille in fiamme. "Non dire volgarità." Rivolge l'intera attenzione alla bistecca, che accoltella con forza.

Il rossore però mi dice che sarò il primo anche in quel campo da gioco...

Bene. Malgrado quattro anni d'università – in un istituto *femminile*, per mia fortuna! – è ancora la verginella voluta dai genitori.

Mi appoggio allo schienale per godermi la sua reazione.

Le si sono inturgiditi i capezzoli e le guance sfoggiano due pesche accese di colore. Vuole le ficchi la faccia fra le cosce bianco crema.

E adesso che ne ho parlato, probabilmente non smetterà più di pensarci.

"Non sono volgarità, tesoro. Ti sto dicendo come ho intenzione di manifestare il mio amore nel letto nuziale." Bevo tranquillamente un sorso di champagne.

Dahlia svuota il bicchiere e prende la bottiglia dal

secchio del ghiaccio. Si versa un altro generoso calice, che poi si scola in quattro sorsate.

"Saprò farti tremare... e implorare le mie attenzioni."

Le sfugge uno sbuffetto.

"Già. Non dovrò far altro che spalancarti le ginocchia, schiuderti le labbra coi pollici ed esporre alla lingua quel bel centro roseo."

Arrossisce ulteriormente e fa guizzare tre volte lo sguardo dal piatto al mio.

"La farò vorticare dentro le piccole labbra. Ti accarezzerò il centro del piacere. Magari pure con un po' di dita. E intanto ti massaggerò l'ano."

"Basta!" S'infila un altro boccone in bocca con dita tremanti. Temo che nessuno le abbia mai parlato del godimento. Forse ritiene il sesso una prerogativa maschile. Una cosa da dare, non da godersi. Forse non ha idea di quanto meravigliosamente potrei farla stare... e la farò stare. "Adesso vuoi solo infastidirmi."

"Non voglio, no." Mi scappa un sogghigno. "*Lo faccio.* Ma è tutto vero, *amore.* So dar piacere alle donne. So usare la lingua in modo da farvi urlare di voglia."

Le fumano fin le narici. "Non voglio sapere dei tuoi exploit con le altre."

Il tono tradisce una punta di gelosia che mi dà profonda soddisfazione.

Io sono sicuramente geloso. Dahlia non mi avrà ancora concesso il corpo o il cuore, ma di certo è mia. La possessività mi sconquassa fin nelle ossa.

"Ah no? Credevo mi avresti incoraggiato a cercare piacere fuori dal nostro lettino. O riceverai il piacere che saprò darti?"

Sporge la mascella in fuori dalla rabbia e posa la forchetta. "*No.*"

"No a cosa?"

"A tutte e due le cose."

Risponde all'istante, scatenandomi un'altra ondata di soddisfazione nel petto. "Vuoi che ti resti fedele?"

Strizza gli occhi in uno sguardo omicida.

Voglio spingerla a piegarsi alle mie richieste, ma sospetto non sia stata ancora tentata a sufficienza.

"Non scenderai dallo yacht finché non mi avrai aperto le gambine. Ma è ovvio che tu sia ancora arrabbiata. Ti do una settimana, *principessa*: sette giorni per abituarti al nuovo marito. Dopodiché, se ancora vorrai farmi aspettare, dedicherò le mie premure a un'altra."

Adesso sembra sul punto di rovesciarmi addosso la cena! "E se... se te lo lascio *fare*..."

Quanto mi piace vederla guerreggiare con le parole... ma le concedo la grazia. "Se avrò una moglie legittima, le sarò fedele."

Giuro su dio che le si allunga il collo e raddrizza la schiena, come un fiorellino che abbia appena trovato la luce. "Sarai un marito fedele." Il commento trasuda incredulità.

Annuisco. "Ho sposato una donna bellissima. Perché dovrei andarmene a zonzo?"

Capisco che ha apprezzato perché arrossisce; poi recupera la forchetta e riprende a mangiare.

"Ho intenzione d'insegnare a mia moglie tutti i modi in cui si manifesta il piacere," le dico disinvolto, come se il sesso non fosse un argomento tabù a tavola. "Scoprirò cosa la manda in agitazione."

E va in agitazione.

"Cosa la fa urlare."

Chiude forte le cosce.

"Scoprirò cosa la eccita, e farò in modo che abbia questa cosina ogni singolo giorno."

Trangugia il resto dello champagne. "Be', ehm... molto audace da parte tua."

"Non è audace l'uomo che vuole una moglie appagata. Mi prenderò cura di te, Dahlia. Ti manterrò come sei abituata a vivere. Ti darò ciò che ti serve a letto... e ti sarò fedele."

Per il momento non alludo a soddisfazioni... mie. Avanzerò pretese quando mi si sarà arresa. Fino ad allora avrà bisogno di delicatezza.

"Naturalmente mi aspetto lo stesso. Tocca un altro e muore. Pensaci bene, prima di condannare a morte un poveraccio."

* * *

Dahlia

Mi fa un sorriso raggelante – la minaccia mi fa correre un brivido su per la schiena.

Gli credo. Ci credo che sia un assassino. Mi viene la pelle d'oca a pensare ai reati che deve aver commesso. Alle tenebre che lo circondano.

E vuole legare il mio nome al suo per il resto della vita.

Ma anche no!

Mai.

Devo trovare il modo di uscirne.

Butto il tovagliolo sul piatto e mi alzo. L'uscita drammatica è abbondantemente rovinata dal mio essere nuda e, tra l'altro, dalla mancanza di posti di ritiro a mia disposizione.

Ma ieri devono avermi portato a bordo i bagagli in preparazione alla luna di miele. Spalanco un cassetto e ci trovo i miei vestiti, ordinatamente piegati e riposti. Pesco un paio di mutandine.

Antonio sbuffa. "Stiamo lavorando sull'ubbidienza,

principessa. Non ti ho mica detto che puoi mettermi le mutande."

M'intimidisce troppo al momento per potergli rispondere, quindi le butto a terra come una bambina viziata e marcio al bagno.

Tanto vale farsi una doccia.

Devo ripulirmi da questa giornata. Riorientarmi. Capire come procedere.

Chiudo a chiave la porta e resto un'eternità sotto l'acqua. Alla fine mi concedo un'altra mezz'ora per spazzolarmi i capelli, spalmarmi la crema e... be', perdere tempo.

Quasi mi aspetto che Antonio mi ordini di uscire o di farlo entrare – invece mi lascia in pace.

Quando infine mi stufo di starmene in uno stanzino, esco con l'asciugamano avvolto stretto sotto le ascelle.

La tavola e il secchio dello champagne sono spariti.

Antonio poltrisce a letto; legge un giornale con le caviglie incrociate. Porta ancora i pantaloni dello smoking ma la cravatta non c'è più, e si è bottonato il colletto della bella camicia bianca. Ah, che fastidio la sua bellezza!

È un teppistello, un avanzo di galera, eppure trasuda nobiltà da tutti i pori. Devo ammetterlo: incarna il titolo di re degli yacht molto più di papà. Immagino che gestirà gli affari senza la minima pietà. Probabilmente ci porterà nel mercato nero.

Ci. Chissà perché ho usato il plurale.

Non sono più affari di famiglia, e di certo non rimarrò con Antonio per riprendermeli.

"Dormi qui?" chiedo incerta. Be', ovvio. È mio marito. Condividiamo il letto. Vuole consumare.

Ma non avevo pensato a come sarebbe stato infilarsi sotto le coperte – *nuda* – con un uomo tanto bello e muscoloso, tanto... *virile.*

Non che mi tenti consumare, eh!

Figuriamoci.

Però... sono a disagio. Come minimo.

Sbroglia le caviglie e posa il quotidiano sul comodino. Si alza e scosta le coperte. "Pronta a coricarti, tesoro?"

"Non chiamarmi così," sbotto senza fare un passo verso di lui.

"Come? *Tesoro?* Perché?"

"Perché non lo dici sul serio."

"No, probabilmente no," ammette. "Ti voglio provocare." Gli si legge negli occhi.

Dai quali non fuggo. Non so che abbia questo qui che mi rende tanto coraggiosa...

Lo fui la sera del ballo, quando gli chiesi di farmi fare un tiro alla sigaretta.

E quando gli presi la mano per farmi trascinare nella dispensa per il bacio più peccaminoso della mia vita.

E ora mi sorge dentro l'ennesima ondata ribelle. E lascio cadere l'asciugamano. "Sono io a provocarti."

Ottengo l'effetto desiderato.

Fa saettare lo sguardo sui seni, che poi scende giù, al morbido cespuglietto in mezzo alle gambe. Serra la mascella e gli fumano le narici. "Giochino pericoloso, Dahlia." Parla piano – minaccioso al punto di farmi rabbrividire.

Mi viene il sospetto d'aver fatto il passo più lungo della gamba. Resto però salda, le spalle dritte e i seni presentati alla sua ammirazione. "Hai detto che non mi stupreresti mai."

Fa furtivo il giro del letto per venire da me.

Mi ci vuole tutto il fegato del mondo per non spostarmi. Per non correre al bagno per rinchiudermici ancora dentro.

S'avvicina, e a ogni grande passo il mio cuore accelera.

Sui fianchi, mi sudano le mani. D'un tratto la saliva m'inonda la bocca, come se Antonio fosse una leccornia.

"Mi pare," tuona profondamente, "che tu mi stia implorando di toccarti."

Mi arriva davanti e con le nocche mi sfiora le puntine dei capezzoli imperlati.

Non riesco a trattenere il piacevole shock che mi sconquassa tutta. Né il visibile brivido che mi tradisce.

"Vuoi che ti tocchi, Dahlia?" Mi pizzica appena un capezzolo fra due nocche e lo tira. "Vuoi che ti faccia scoprire il piacere di cui parlavo a cena?"

Ormai ansimo, ormai respiro in minuscoli rantoli.

"N-No." Non molto convincente, eh. In realtà adesso che me lo ritrovo davanti nel suo abbondantissimo metro e ottanta di muscoli... *voglio* che mi tocchi.

Voglio scoprire *di preciso* cosa intendeva col piacere e la lingua.

Non che sia un'ignorante innocentina totale. So benissimo appagarmi con le dita. E la notte m'infilo un cuscino fra le gambe.

Sempre, ogni singola volta... fantasticando sull'uomo che mi ritrovo adesso davanti.

Ed è assurdo scoprire che conosce davvero tutti i segreti sessuali che immaginavo, che non mi sono inventata tutto.

Mi posa una delle sue manone sul fianco, e il calore del palmo irruvidito mi surriscalda al centro del corpo. Continua a stuzzicarmi il capezzolo. Comincia a bruciare, a formicolare – e ho voglia di avere di più.

Lì in mezzo si pulsa in risposta. Il bollente bisogno tenero che mi serra le cosce non allevia nulla. Mi struscia delicatamente il dito sul fianco, e poi giù sull'esterno coscia.

Cerco di trattenere il tremore che mi è partito sulle gambe.

I polpastrelli passano su per le natiche. "Pensi che il tuo caro sindachetto saprebbe farti provare queste sensazioni, Dahlia?"

"Non è il mio caro sindachetto," dico strozzata. Chissà perché gli ho dato tanta soddisfazione, comunque.

Antonio sposta le dita dal capezzolo a una lieve scia su per il collo, finché con l'indice non giunge al mento. Me lo solleva piano perché lo guardi negli occhi. "Ah no?"

Mi ritrovo a scuotere il capo. "Il matrimonio era combinato."

"Come il nostro." E ne pare contento e beato.

"No. Tu mi hai rapita dal mio sposo!"

Me ne pento non mi appena mi scappa, perché si oscura in volto e fa un passo indietro. Registro immediatamente la perdita del suo tocco. E ne bramo le attenzioni.

"Ah, vero. Uno sposo decisamente più all'altezza di me della principessa degli yacht. Peccato. Sei destinata ad accontentarti di un bruto proletario per il resto dei tuoi giorni, *principessa.*"

Mi si annoda lo stomaco quando mi rendo conto che l'amarezza del tono dipende dall'umiliazione del trattamento ricevuto da papà e dal sistema penale.

Sono sicura che dopo un'occhiatina al proletario figlio d'immigrati italiani la giuria ha dato per scontato che fosse colpevole di tutto.

"Non credo tu sia un ladro, Antonio." Uso una voce dolce. Conciliante.

Strizza gli occhi. Mi prende saldamente la mascella. "E sbagli." Mi avvicina il viso al suo... talmente tanto che ne sento l'alito come piuma sulle labbra. "Credici, Dahlia. E sappi che continuerò a derubarti per il resto della vita."

Capitolo cinque

ntonio

"*Buongiorno*[1]," mormora Angelo, uno dei domestici pagati da me, accorrendo al mio fianco quando apro un occhio sul sole.

Merda. Ieri sera sono crollato sul ponte?

Spaparanzato sulla chaise lounge, ho la camicia bianca dello smoking sbottonata sul petto.

Tiene un vassoio con svariati succhi di frutta – arancia, pompelmo, pomodoro. O è un Bloody Mary? Mi si rivolta lo stomaco. Prendo quello d'arancia.

"Prosciutto e omelette al formaggio con toast al lievito naturale," ordino. Non so neanche cosa ci sia sulla barca, ma presumo troveranno il necessario.

"*Sì, signore.*"

"Lo stesso anche per mia moglie."

"La signora ha già mangiato."

Mi girano le palle. Non so se perché ha fatto colazione senza di me o semplicemente perché adesso sono sposato.

---

1. Quando in corsivo, Angelo parla in italiano nel testo. [N.d.T.].

Non fosse una scopata vendicativa, mi sbarazzerei subito di Dahlia. La parcheggerei a casa mia, negli Hamptons, e io andrei a sistemarmi nel loft di Billionaire's Row. Potrei andarla a trovare ogni tanto tutti i mesi per ingravidarla. Una volta incinta la rinchiuderei per sempre. La obbligherei a uscire solo per accompagnarmi agli eventi sociali un paio di volte l'anno.

Non avrei bisogno di continuare a derubarla. Di prendere e privarla di ciò che non mi appartiene – il suo corpo, la sua mente, la sua volontà – finché non le resta nulla.

Stanotte le ho permesso di dormire sola. Dopo che mi ha ricordato che non valgo una sua unghia – che l'ho sottratta al fidanzato legittimo – l'ho lasciata nella suite padronale e ho passato la notte a rincretinirmi di alcol. E mi sono risvegliato sul ponte dello yacht appena acquistato.

Il volo dell'elicottero sopra la mia testa mi fa saltare in piedi per prendere la pistola.

Sbucano da ogni dove i miei, coi mitra puntati sul mezzo in avvicinamento.

"Via le armi." Mia moglie sale a grandi passi sul ponte con un vestitino corto, un cappello a tesa larga con un grosso fiocco blu e un paio di enormi occhiali da sole.

Prima ancora che il pensiero abbia raggiunto il cervello, mi precipito da lei per portarla sul ponte inferiore, in salvo.

Mi blocco quando vedo la mia minuscola sposina alzare allegramente un braccio in aria per salutare l'elicottero con un sorrisone hollywoodiano. "Sorridi e saluta, Antonio," dice a denti stretti. "È la stampa."

La... *cosa?*

Mi giro di scatto verso il velivolo. Cervello e corpo ancora mi dicono che siamo sotto attacco, ma mi rendo conto che deve avere ragione. Avessero voluto spararci, l'avrebbero già fatto.

Mi sono appropriato del matrimonio della reginetta più famosa di New York. Ovvio che la stampa cerchi di beccarci in luna di miele e voglia capire cosa sia successo.

"Via le armi," sbotto rinfoderando la mia alla caviglia.

Cingo con un braccio il mio bel trofeo e mi unisco a lei nell'elegante sventolio della mano.

Ora che ci penso... avrebbe potuto lanciare l'allarme. Sbracciarsi, palesare agitazione come chi abbia bisogno di salvataggio. Mi stupisce abbia ordinato ai miei di far sparire i mitra e si comporti come si deve.

Non sono così scemo da credere che accetti le nozze o che abbia intenzione compiacermi. Ma almeno per il momento fa il suo dovere.

L'elicottero gira in cerchio sopra lo yacht, e vedo che ha ragione: la lente dell'obiettivo fa l'occhiolino al sole.

"Regaliamogli un bello spettacolino, principessa." L'avvolgo anche con l'altro braccio e la piego in un casquè, poi come un ossesso le bacio le labbra gustose.

S'immobilizza – mi sconvolge che accetti la manovra. Percepisco i tonfi del suo cuore contro al petto quando comincia a muovere le labbra sulle mie. Le infilo la lingua in bocca e la slinguazzo come non mai – praticamente me la scopo. Mi viene duro, mi si allunga sulla gamba per premersi contro alla sua pancia.

E poi non ho più voglia di smettere. Non me ne frega più nulla dell'elicottero, dei giornalisti. Né delle foto.

Voglio solo conquistare la bellissima debuttante che si ritiene troppo per me. Lei mi crederà anche inferiore, ma non cambia il fatto che il suo corpo reagisca. Che la curiosità su ciò che potrei darle e su cosa potrei farle provare non si sia mai assopita.

D'un tratto mi ritrovo vincolato, concentratissimo su un

solo obiettivo: saltare addosso alla mia mogliettina. Farla bollire e disperare dal bisogno.

Cazzo – non vedo l'ora di sapere che bel faccino fa quando viene!

Le faccio scivolare una mano sul culo e ne palpeggio le morbide carni. Così mi smarrii quella volta.

Quando il delicato fiorellino dal sangue blu mi dimostrò d'aver sangue bollente nelle vene, malgrado paresse fatta di porcellana.

Il bacio perde ogni eleganza, si trasforma in passione aggressiva.

È la sua reazione – un sussulto d'eccitazione, l'offerta del seducente corpo alle mie mani. Sotto il mio tocco si surriscalda. La sollevo per arrivarle al collo, per baciarla e mordicchiarla giù per di là.

"Ah." Il piccolo ansito di sorpresa me lo fa diventare più duro del granito. Le infilo l'avambraccio sotto al sedere per alzarla e portarla alla parete più vicina. Mi avvolge le gambe attorno alla vita, in un sollevamento del vestitino cortissimo sulle cosce.

Non fossi già mezzo fuori di testa, mi preoccuperei di quanta parte di queste deliziose cosce vedono i miei. O i fotografi.

Ma ho dimenticato tutti. Ho dimenticato la vendetta. Ho dimenticato tutto tranne il sapore della sua bocca e il suo corpo attraente sotto le mani... i gemiti eccitati che le sfuggono di gola.

La sbatto contro al muro e approfondisco il bacio. È tutto denti, e lingua, e brutalità. L'erezione si schiaccia contro alla sua pancia. Le abbasso il sedere per metterglielo, pulsante, fra le gambe.

Mi geme in bocca. La scudiscio con la lingua a ritmo con l'oscillazione dei fianchi... in una lenta scopata.

"*Antonio*," ansima.

Cazzo.

Devo aver perso il senno, perché darei via perfino lo yacht solo per sentirle pronunciare ancora il mio nome in un rantolo così disperato. Per sentirglielo mormorare a ripetizione, come un'invocazione. Come una preghiera a Dio.

"Sì, *principessa*." La mordo sul collo. "Ecco come tuo marito si prenderà cura di te." La lecco dove l'ho morsa, la succhio. "Oggi... cazzo... di giorno."

"Antonio." Rantola. Muove i fianchi per venirmi incontro. Le trovo l'elastico delle mutande e gliele abbasso sul culo – muoio dalla voglia di levarmi di torno almeno un brandello di tessuto per farmela per bene. Seduta stante.

Ma va nel panico.

D'un tratto scalcia e mi spinge via, si divincola per sbrogliarsi dalle mie braccia.

Torno in me.

La rimetto piano a terra, le tiro su le mutande e le sistemo l'orlo del vestito. Le do uno schiaffetto al sedere. "No, cara. Solo quando m'implorerai."

Sbuffa, leva gli occhi al cielo e mi dà uno spintone al petto.

Nell'udire le pale dell'elicottero me la ritiro addosso, come se invece avesse voluto abbracciarmi. Me lo concede, e la stringo qualche secondo ancora.

"M'implorerai, tesoro." Le riaggiusto il cappello, che dev'essersi storto mentre la baciavo. Ha le labbra grosse e gonfie, le guance rosse.

E mi viene fame del bis.

"Non trattenere il fiato fino ad allora, Antonio," ribatte andandosene bella baldanzosa. Poi si ferma e rigira la testa. "Anzi... trattienilo pure. Sono sicura che supererò la tragedia di una vedovanza precoce."

* * *

Dahlia

Formicolo ancora tutta per il bacio mentre me ne vado. Ho le mutandine zuppe, i capezzoli inturgiditi nelle coppe del reggiseno.

Non so come faccia. Perché lo trovi tanto attraente. Non riesco proprio a capire cosa in lui mi faccia desiderare con tale disperazione le sue attenzioni.

Forse il vero fascino del cattivo ragazzo è che non gliene frega di me. Si torna al desiderio umano di conquistarsi amici e stringere conoscenze... e lui è la sfida finale.

Logico. Lo conobbi a un ballo in cui tutti dovevano essere educati con me, se non addirittura ossequiosi.

E invece lui... mi guardava con disinteresse totale. Persino con derisione.

Dovevo assolutamente farmi desiderare!

Triste a dirsi, ma sono rimasta una quindicenne.

Antonio mi ha presa per punire papà. Mi crede una ragazzina ricca e viziata. Non ha alcun interesse genuino nei miei confronti, eppure io muoio dalla voglia di farlo innamorare.

Di conquistare il ragazzaccio e dimostrarmi degna.

È quest'epifania più che altro a cementare la decisione di scappare da questa situazione pericolosa e poco salutare.

Dev'esserci per forza un modo di slegarmi da Antonio.

Mi rendo conto di percorrere velocemente per lungo lo yacht senza una destinazione in mente – se non quella di sfuggirgli. Finisco nei pressi del timone, e attraverso la finestra della plancia vedo, con mio gran stupore, un volto che conosco.

Shawn Hennessey: il capitano dello yacht di papà.

Buffo che in circostanze disperate un viso che normalmente non mi avrebbe suscitato altro che una scrollata annoiata delle spalle ora mi riempia di tanta gioia!

"Shawn!" Gli sparo il primo sorriso che mi riesce da almeno trentasei ore.

"Dahlia!" Lancia occhiatine nervose da parte a parte, poi socchiude la porta della cabina di pilotaggio e mi tira dentro per un abbraccio. Dopodiché mi sussurra all'orecchio: "Suo padre mi ha lasciato un messaggio per lei. Dice che ce ne tirerà fuori."

Sentendo dei passi all'esterno, mi libero dalla sua presa. "Che bello vederti!" dico forte.

Dietro di me Antonio ringhia: "Giù le mani da *mia moglie* o te le taglio e le butto in pasto agli squali."

Sua moglie.

Parole che mi scatenano dentro ondate di shock.

"Antonio!" Di scatto mi ritraggo di quasi un metro dal capitano. "Piantala. È un amico di famiglia... cioè, un dipendente. Tutto qua."

Grazie al cielo è geloso! Sembra essere tanto distratto da non essersi reco conto di quello che mi ha detto.

"Per te non è nulla." Lo dice come un avvertimento. "Avvicinati di nuovo a questo *stronzo* e lo butto a mare. Sono stato chiaro?"

Ottimo. Dovrei essere terrorizzata. Inorridita. Ma nel petto si diffonde un certo calore...

Tanta possessività da maschio alfa è esagerata, assurda. Ma oltre a fungere da distrazione, mi eccita. Mi piace mi dichiari sua. Mi accende. Ne bramavo le attenzioni, e adesso ce le ho. Insieme a una sensazione di potere.

Gli poso la mano al centro del petto per spingerlo via. Me lo concede e arretra.

"Rilassati. Lo stavo solo salutando."

È ancora tutto accigliato.

"Su, mi hai praticamente rapita! Mi hai portata via dalla mia famiglia per farmi imbarcare con completi sconosciuti. Non dovrebbe stupirti che sia contenta di vedere una conoscenza."

Parte dell'irritazione sembra scemare.

Mi tira a sé e, prendendomi sotto il braccio, mi riporta in camera. "Non rivolgergli più la parola."

Mi rifiuto di acconsentire.

"Dahlia..." mi avverte. "Lo vuoi morto?"

Adesso basta. Punto bene i piedi perché debba fermarsi. "Non puoi mica ammazzare tutti quelli con cui parlo!"

Solleva le sopracciglia e mi penetra col suo sguardo freddo. "Non tentarmi. Sei mia moglie. Ammazzo chiunque ti tocchi o ti manchi di rispetto."

Rabbrividisco. "Sei proprio un mostro, eh?"

Si contorce in viso – la maschera gelida si crepa, dimostrandomi che ho toccato un nervo scoperto – ma si riprende subito. "Sono ciò che di me hanno fatto i tuoi."

Sbuffo. "I miei non sono della mafia... i tuoi *sì*." Alzo il naso all'aria – sento puzza di vittimismo. "Non fai una bella figura a incolpare gli altri dei tuoi fallimenti."

"E tu non fai una bella figura a recitare la parte della snob piena di sé."

Nascondo una smorfia. Sapevo già come mi vedeva, ma mi ferisce lo stesso sentirglielo dire. "Di preciso con chi avrei il permesso di parlare su questo yacht?"

Esita. "Nessuno. Tranne me."

Scaglio le mani in aria e parto in marcia verso il terrazzo. "Assurdo. Sei un pazzo totale."

"Non sfidarmi," mi avverte... ma io mi sono già decisa.

Vedo il bluff.

A grandi passi vado al crocchio dei suoi, vicino al parapetto. Non butterà certo a mare i suoi scagnozzi se gli parlo, no?

"Ciao, cari." Uso un tono civettuolo. "Mi sa che non ci hanno ancora presentati come si deve." Tocco il più vicino sulla spalla e mi avvicino. "Piacere. Dahlia."

"Allontanati da lei," latra Antonio.

E mi ritrovo subito a penzoloni sulla sua spalla! Il vestitino mi sale fin sulla vita, regalando sicuramente ai tipacci un bel panorama del mio sedere avvolto dalle mutandine. "Non guardatela," ruggisce andandosene fra i tonfi delle scarpe. Io gli rimbalzo sulla schiena.

Invece di portarmi in camera s'infila in un'altra cabina privata – apparentemente libera – e mi deposita su un grande matrimoniale rifatto alla perfezione.

Torreggia su di me, solo che invece di lasciarmi intimidire dalla sua stazza grande e prepotente, davanti a una possessività da cavernicolo mi eccito. Lo sguardo mi va alle sue manone strette a pugno, ai fianchi, e mi rendo conto di quant'è bello – persino nello smoking sgualcito di ieri.

"Abiti vietati." Parla in un ruggito soffocato, le sopracciglia scure abbassate di colpo. Mi sfila l'abito dalla testa. Non mi fa male, ma i gesti sono comunque bruschi e scattosi.

Addio all'uomo pacato la cui vendetta va servita fredda, quello delle composte e buone maniere di ieri sera.

Questo qui è più crudo. Più vero.

Sono eccitatissima. E decisamente più circospetta. Non voglio far infuriare il torello. Gli permetto di strapparmi reggiseno e mutande. Mi levo pure i sandali da sola – in segno di resa.

Antonio va a raccogliere vestito, slip e reggiseno. Mi punta il dito contro. "Ti avevo avvertita."

Scendo di corsa dal letto per non stare in posizione d'inferiorità. Cerco di pensare a una battuta scaltra con cui rispondere, ma non mi viene in mente nulla.

Alla fine comunque vengo graziata: marcia fuori dalla stanza.

E nuda, me ne resto qui a riflettere sulla situazione.

Poi mi rendo conto che la soluzione è semplicissima. Non gli va che parli con altri, non vuole mi guardino il fondoschiena... e mi ha portato via i vestiti.

Be', se l'è proprio cercata.

Filo alla porta e la spalanco. Ed esco per la sfilata.

* * *

Antonio

Oh, *cavolo*.

Non appena vedo mia moglie nuda come mamma l'ha fatta arrivare sul ponte, il corpicino bollente in bella mostra per tutti i miei uomini, parto di corsa.

Che idiota. Avrei dovuto saperlo che aveva più fegato che vergogna.

Sospetto di attraversare il ponte senza neanche toccare terra. Le avvolgo un braccio attorno alla vita e la tiro su, faccio dietrofront e filo nella suite padronale.

"Adori le punizioni, eh, *principessa*?" le ringhio al padiglione auricolare.

"Controllarti è diventato il mio passatempo numero uno."

Controllarmi? Digrigno i denti. "Mo' vediamo un po' chi controlla chi." Vuole usare il suo corpo contro di me? E io lo userò contro di lei!

So che il sesso la incuriosisce. Non ci metterò molto a farla implorare.

La punirò d'orgasmi finché non piangerà per avere l'uccello.

"*Adesso*. Non *mo'*."

Vero. Mi rimette al mio posto. "Le mie scuse. L'istruzione in galera non è all'altezza della tua scuola privata," ringhio.

La porto dritta all'armadio, dal quale pesco una cintura.

Che la spaventa. Attacca a divincolarsi, a scalciare e agitarsi. Riesco a tenerla ferma fino al letto, dove le sistemo i polsi sopra alla testa e li lego con la cintura.

Chissà perché ma si calma; sicuramente la solleva che non l'abbia picchiata.

Aggancio l'altra estremità al montante. Poi mi metto in ginocchio a guardarla.

Ho una moglie bellissima, i capelli mori distribuiti a ventaglio attorno al volto arrossato. Le tette perfette alte e divise, i capezzoli due roselline scure sul pallore della pelle.

In ammirazione, le passo il pollice sul labbro inferiore. "Mi piaci legata," commento. "Potrei tenerti così per il resto del viaggio."

Scalcia, contorce i fianchi. "Lasciami andare!"

"Eh no, tesoro. Prima c'è la punizione."

Chiude le labbra e mi fissa.

"Non mi chiedi quale?"

"Sono sicura che stai per dirmelo."

Scrollo le spalle. "No. Te la farò provare." L'afferro dalle cosce per spalancarle le ginocchia e sollevargliele fino alle spalle.

Le sobbalza il pancino. "C-Che stai facendo?"

"Guardo ciò che mi appartiene."

Che bella fighetta. Immacolata. Mai penetrata da maschi. Di solito mi piacciono le tipette con più esperienza, ma mi rallegra l'idea di essere il primo per Dahlia.

Anzi... *l'unico.*

Perché ormai è mia. Esclusivamente mia.

Il che significa che è mio anche il suo bellissimo corpo.

E i suoi orgasmi.

La sua libertà.

Forse non riuscirò a prenderle il cuore, ma governerò tutto il resto del suo essere – da vero capo stronzo quale sono.

Cerca di chiudere le gambe, di liberarle, ma la ripiglio subito per godermi il panorama. Per farle sentire la mia dominanza. Il mio possesso. Il mio desiderio.

Con gran calma, abbasso la testa e le passo la punta della lingua sulla fessura.

Le si contrae l'ano, ha uno spasmo generale.

Le esploro le morbide pieghe senz'altro obiettivo che assaggiarla. Ambientarmi. Abituarmi alle sue reazioni.

Ora ansima dolce, le trema l'interno coscia. Nel giro di pochi secondi i succhi scorrono – me li lecco tutti.

"Hai detto che non l'avremmo fatto."

"Infatti non lo stiamo facendo. È solo una punizione." Certo, molto più piacevole di altre forme di castigo... ma la punizione giungerà quando la lascerò in sospeso, quando l'avrò fatta bagnare, quando sarà pronta, un bocciolo in attesa del mio ingresso... e mi ritirerò.

Piagnucola piano quando le traccio le piccole labbra, quando risalgo in vortici al clitoride e lo succhio.

Perseguo nella lenta tortura: la penetro con la lingua, le succhio le labbra, la mordicchio. M'è venuto duro dalla voglia d'infilzarla.

Dahlia tira la cintura, mi si agita sotto alla bocca. No: ci si schiaccia contro.

Gode – poco ma sicuro.

Insisto; la porto sul ciglio del baratro, a giudicare dai gemiti acuti. E poi mi ritiro.

Per un attimo non si muove. Dopo fa scattare su la testa. "Che succede?" È allarmata.

"Tu cosa vuoi succeda, Dahlia?"

Lascia ricadere il capo, chiude le palpebre. "Oddio."

Aspetto.

Spalanca di nuovo gli occhi, vitrei ed enormi. Pazzi. "Non finisci?"

"E come vorresti che finissi, principessa?"

"C-Come stavi facendo. Se... se è la punizione, intendo."

Scuoto il capo con una risata. "No: la punizione è questa." Mi allontano dal letto.

La comprensione la fa inspirare forte di rabbia. "No. Non puoi lasciarmi così. Non *puoi*."

Le rivolgo un sorriso freddo. "Posso, mogliettina cara. Ecco cosa succede se mi sfidi."

Entro nel bagno per levarmi il vecchio smoking e fare finalmente una doccia.

Quando esco, Dahlia si è accasciata. Le ginocchia ciondolano aperte come ali di farfalla, la testa è voltata di lato.

"Ti prego, mi fanno male i pols..." L'ultima lettera le muore sulle labbra: ha visto il mio busto nudo, ancora luccicante di gocce d'acqua. Mi scruta i pettorali e scende fin agli addominali, all'asciugamano bianco che mi sono avvolto sulla vita.

Ho una mezza tentazione di provocarla col mio corpo... ma poi ricordo la sua innocenza, perciò la ignoro per andar dritto al cassettone, dove insieme ai suoi hanno messo anche i miei vestiti. Dandole la schiena, lascio cadere l'asciugamano e m'infilo un paio di boxer – sempre sentendomi osservato con bollore.

Mi giro e le lascio adocchiare l'erezione che tende il morbido cotone. Avrei dovuto menarmelo in doccia per alleviare un po' di tensione, ma l'orgoglio mi ha frenato. Voglio venire dentro mia moglie. Mi tengo da parte ogni singola goccia per la sua fighetta succosa, così da riempirle la pancia di un figlio.

Inspira forte e si lecca le labbra.

"Come stai là sotto?" Salgo sul letto.

Chiude di scatto le ginocchia in un dolce schiaffone di carni.

Sbuffo. "Cattiva. Non nasconderti da me. Adesso la tua fighetta è mia." La piglio dietro alle ginocchia e le alzo i piedi per spalancarle le gambe. Stavolta gliele mollo sul letto, oltre le mie spalle. Le faccio scivolare le mani sotto al culo per sollevarmelo leggermente verso la faccia.

"N-No, Antonio," geme. "Ti scongiuro..."

La lecco. "Ti scongiuro cosa, tesoro?"

"Non... non... ti prego, smettila."

Le passo la lingua su e giù per la fessura – con più approssimazione stavolta, visto che muoio dalla voglia anch'io.

Comunque ha già ceduto alla disperazione. Nell'istante in cui poso la bocca contrae le natiche e si spinge contro di me, bramosa.

"Tu non hai voce in capitolo," le dico. "Hai scelto di mostrare il tuo corpo – *il corpo che ormai mi appartiene* – ai miei uomini. E questa è la punizione che ho scelto per te."

"Non... non capisco...," si lagna.

Le rido contro alle morbide carnine, poi le mordicchio le labbra. "Il tuo corpo capisce tutto invece, eh?"

"Il mio corpo..." rantola. "Il mio corpo vuole..."

"So cosa vuole, *amore*. E posso darti ciò che desideri."

"No," dice. "No, no, no, no." Il tono bisognoso mal si

combina con le parole... ma ovviamente rispetterò il suo volere.

Tanto prima o poi capitolerà.

Continuo comunque con la lenta e deliberata tortura, portandola sull'orlo dell'orgasmo e ritirandomi di nuovo.

Le sfugge un singhiozzo asciutto quando scendo dal letto. "Sei una persona orribile."

"So essere piuttosto crudele, sì," concordo. "Sarebbe saggio non farmi arrabbiare." Le sparo un altro sorriso gelido. "E credimi, tesoro: non mi hai ancora visto arrabbiato."

* * *

Dahlia

Mi tortura per ore con la lingua, mi fa quasi impazzire. Non mi lascia mai giungere all'apice.

Alla fine lo imploro di aver pietà di me... e mi libera i polsi.

Dovrei esser contenta di riavere mani e braccia, ma il ritorno in corsa del sangue me le fa formicolare tutte e, peggio ancora – molto peggio – Antonio si sta rivestendo.

Come avesse finito.

Come non volesse darmi la soddisfazione di cui ho bisogno.

Non perdo tempo. Non appena mi torna la sensibilità, mi giro sulla pancia e m'infilo la mano fra le gambe. Contro alla solidità del contatto – contro alla pressione che tanto bramo – comincio a strusciare i fianchi.

Il sollievo è tanto immenso che gemo forte fra le serratine e i sollevamenti dei muscoli interni. Una stella gigantesca esplode, mi scoppia dietro agli occhi. Muovo le dita e mi regalo un'altra contrazione più piccolina, ma prima che abbia finito Antonio mi rigira sulla schiena.

Dall'alto, mi guarda con inquietanti occhi dorati luccicanti. "Ti ho forse detto che potevi venire?"

Il cervello non riesce a capire. Sono ancora intontita dal piacere. Smarrita nello spazio profondo. Lo guardo battendo le ciglia, ancora muovendo le dita per centellinarmi qualche scossa di assestamento.

Mi piglia il polso e lo sostituisce con le sue dita. "Questa fighetta è mia, te lo ricordi?"

Le muove da vero esperto – trova il punto esatto che mi serve per un altro bell'orgasmo.

Urlo, m'inarco sul letto, completamente alla sua mercé. Quando sollevo le palpebre in uno sfarfallio, lo vedo osservarmi intensamente mentre continua a muovere lentamente le dita.

"Non ti avevo dato il permesso di venire."

"Aaaah." Ho perso la testa. La mente. Non ho alcun controllo sul mio corpo. E sicuramente neanche la capacità di negarmi, mentre mi avvita un bel ditone dentro!

Gemo – che bello! Che... giusto. Mi faccio ditalini nell'intimità della mia cameretta fin da quand'ero piccola ma... ma questa sensazione – come la lingua – va ben oltre ogni piacere sia mai stata in grado di darmi.

Mi sconvolgo da quanto sono bagnata, dalla mia eccitazione che gli infradicia il dito, in un suono viscido quando entra ed esce. Va più in profondità, mi colpisce la parete interna e strillo – in un'improvvisa perdita di controllo – quando vengo catapultata oltre il ciglio del baratro dell'ennesimo piacere. Spruzzo altro liquido. Lui non cede e continua a pompare col dito, poi ne aggiunge un secondo, facendomi urlare e scuotere nelle spire di un'esplosione assurda. Addirittura piango.

"Ti prego," lo imploro – non ce la faccio più. Ormai mi tortura da ore, provo troppe sensazioni. Sono una bambola di pezza. Disossata. A malapena capace di mettere insieme due pensieri per dire: "Ti scongiuro, Antonio… abbi pietà."

Smette di colpo; estrae le dita e se le porta alla bocca per succhiarle.

"Adesso controllo io i tuoi orgasmi, Dahlia. Non venire senza che sia io a darteli. Chiaro?"

"Sì." Annuisco. In questo momento acconsentirei a tutto.

Voleva dimostrarmi di avere il controllo del mio corpo, di me – e ci è riuscito.

Incapace di muovermi, ansimo – le mani giacciono molli sulle costole. Mi studia ancora un attimo, poi fa un cenno d'assenso. "Brava."

Mi vengono le farfalle allo stomaco. Non m'interessano le lodi. Cioè, non dovrebbero interessarmi. Però, chissà come, ancora mi fanno effetto.

"Puoi vestirti e spostarti come ti pare per lo yacht."

Dovrei odiare questa presunta autorità… invece le parole mi travolgono. M'immagino di cogliervi del calore, ma probabilmente è solo il riverbero della meraviglia orgasmica.

"Va' a quel paese," riesco a brontolare quando esce dalla cabina.

Si ferma per riguardar dentro e mi si serra la fighetta, in trepidante attesa dell'ennesima tortura. Invece l'espressione gli si tinge di divertimento. "Continua a ribellarti, mogliettina cara. Mi piace tenerti in pugno."

Capitolo sei

ntonio

Cazzo.

Mia moglie esce dalla camera con un sexy e sinuoso abito da cocktail rosso. Le abbraccia le curve, e ha un triangolino aperto sui seni e un orlo corto che le mette in mostra le lunghe gambe armoniose. Si è arricciata i capelli, s'è messa ciglia finte e rossetto rosso. In viso ha una certa dolcezza, come ancora cavalcasse l'ondata degli orgasmi pomeridiani.

C'è una sola cosa da dire: le mancasse qualcosa in fascino, compenserebbe in bellezza. Avremo bambini splendidi.

Meglio non pensare però all'ingravidamento – le palle, già da prima sofferenti, ora mi stanno per scoppiare.

Mi alzo dal tavolo dove stavo rivedendo i conti. "Sei bellissima."

Viene attraversata da un lampo di sorpresa. Ricordo di averlo visto anche al ballo della sua maggiore età. Come non si aspettasse un complimento. Malgrado debba riceverne ogni giorno della sua vita.

Forse non se ne aspetta da me – che scemo.

Le porgo la mano. "Pronta alla cena, *principessa?*"

Ore fa le ho fatto lasciare il pranzo fuori dalla porta della stanza. Ho chiesto al cameriere di bussare – mai al mondo lo farei entrare in mia assenza! M'è stato detto però che l'ha appena toccato.

"Sì. Muoio di fame."

Chissà perché, mi piace nutrirla. Come se la cose soddisfacesse un bisogno biologico da cavernicolo.

L'accompagno in sala, dove il tavolo è già apparecchiato e i miei si affannano da una parte all'altra per accendere candele e versare vino.

Sollevo il bicchiere, quando hanno riempito il suo. "A mia moglie. Che ha un sapore all'altezza della sua bellezza."

Leva gli occhi al cielo, poi beve senza fare cin.

"M'è piaciuto vederti venire oggi pomeriggio."

Viene percorsa da un bel brivido. "Non è educato parlare di queste cose a tavola."

Le rivolgo un sorriso rigido. "Invece eccoti qua: la principessa dello yacht, sposata con un uomo cui non frega niente dell'educazione."

Indietreggia appena, e mi pento della battuta. Mi piaceva vederla rilassata, tranquilla. Non c'era bisogno di punzecchiarla. Soprattutto visto che oggi mi si è arresa.

Non che le avessi dato scelta, ovviamente.

In realtà però non sarei andato avanti l'avessi trovata spaventata, arrabbiata o contraria – o se ce l'avesse avuta asciutta, se fosse stata un pezzo di legno.

No, la mia esuberante mogliettina si è goduta dita e lingua. È stata incredibilmente reattiva, e i suoi orgasmi sono stati lo spettacolo più meraviglioso cui abbia mai assistito. Stupendi.

"Parlare della tua fighetta a cena è mio diritto tanto

quanto assaggiarla," dichiaro. "E..." – faccio una pausa per bere un sorso – "non vedo l'ora di riassaggiarti."

Leva le ciglia su di me. "Come punizione." Non è una domanda, però mi scruta come per capire come e quando riaccadrà.

Mi stringo nelle spalle. "O anche come premio. Dipende dal contesto, mi sa."

Il triangolino di pelle nuda sopra ai seni viene inondato da un bel colorito. "Ti spiace descrivermi questo fantomatico premio?" Si lecca le labbra – la vista della sua lingua me lo fa diventare più duro dell'acciaio. "Be'?" insiste, visto che non rispondo. Beve due generosi sorsi di vino.

"Certo." Oh, adoro la disinvoltura che cerca di metterci... ma sul finale della frase le trema un po' la voce. "Ti premierò quando farai la brava e dolce mogliettina. Ti porterò in camera e accenderò qualche candela. Ti verserò un calice di champagne. Poi ti spoglierò lentamente, sfiorandoti la pelle morbida coi polpastrelli."

Le viene la pelle d'oca sulle braccia. Uno dei miei ci ha servito due piattoni di fiorentina, patate passate al forno due volte e asparagi. Taccio finché non se ne va.

"Ti prenderò in braccio per stenderti sul letto. Magari ti passerò una rosa sulla pelle nuda, per prepararti al mio tocco."

Si era messa a tagliare la bistecca, ma adesso s'immobilizza e solleva lo sguardo sul mio. Poi sembra riscuotersi dal sogno – tira pure su col naso. "Una rosa?"

"Non sono riuscito a trovare dalie," commento con un sorrisetto.

Le vedo lo spasmo di un sorrisino sulle labbra, prima che lo nasconda mangiando un boccone.

"E poi ti spalancherò le ginocchia per seppellire la

faccia fra le tue cosce. Avrai l'uso delle mani, così potrai tirarmi i capelli... o spingermi su di te."

Manda giù rumorosamente.

"Ovviamente ti permetterò di venire. Senza aspettare. Ti porterò all'orgasmo quante volte vuoi."

Raddrizza la schiena, come se sotto al tavolo avesse appena stretto le cosce. "A quel che capisco, Antonio, volevi vendicarti di me e mio padre... ma tenermi non è più una rogna che altro?"

Non le consento mica di cambiare argomento! "Posso dirti cos'accadrà dovessi punirti di nuovo?"

"No." Sillaba testarda...

"La prossima volta penserò al culo."

Smette di masticare.

"La prossima volta ti prenderò sulle ginocchia e ti sculaccerò. Un'esperienza decisamente più intima per entrambi."

"Piantala," sbotta, le guance accese.

"Te lo farò tutto rosso... prima di dedicare ogni attenzione al piccolo e stretto bocciolo che hai fra le natiche."

"*Antonio.*" È lo shock adesso a tingere le sillabe del mio nome.

Le rivolgo un sorrisetto perverso. "Non preoccuparti, tesoro. Potrebbe essere appagante come davanti. Col tempo m'implorerai di scoparti anche lì."

La mano che regge la forchetta le trema fino alla bocca. "Lasciami andare, Antonio. Ti prego."

Scuoto il capo. "*Mai.*"

Si alza da tavola buttando a terra il tovagliolo.

Da vero gentiluomo, la imito. Ho studiato le maniere più eleganti, mi sono allenato per quando sarei uscito di prigione. Non perché Benedict King mi ha definito bruto.

Non per dimostrargli che si sbagliava – perché aveva ragione: sono un bruto. Un mostro totale.

No, era necessario per mettere in opera il piano della vendetta. Per aprirmi le porte giuste. La truffa che mi ha portato a convincere Benedict King a investire in azioni da far poi fallire è costata molto tempo. Senza contare il prestito che gli ho poi offerto per incatenarlo a don Beretta.

Se ne va – e la lascio fare.

Pungolarla non è stato succoso quanto speravo. E non lo è nemmeno finire la cena da solo.

* * *

Dahlia

Bah. Che tipaccio. Torno in camera tremante, arrabbiata e bollente, bisognosa quanto questo pomeriggio, prima che Antonio mi lavorasse ben bene.

Che voglia di ucciderlo. Avrei dovuto prendere uno dei coltelli da bistecca e cavargli il cuore.

Solo che da morto non potrebbe usare quell'eccezionale lingua su di me... non potrebbe farmi sorrisetti né farmi sentire bella, desiderata e sporcacciona al contempo.

Non posso negare che mi fa un certo effetto. Non meno potente di quello che ebbe sulla debuttante di sette anni fa. Già solo la sua presenza mi manda in visibilio.

Mi tolgo l'abito messo per provocarlo per infilarmi la camicia con cui dormo. Pesco il giallo che ho messo in valigia quando pensavo a una luna di miele con un marito noioso.

I libri sono sempre stati la mia distrazione, i miei migliori amici nei momenti di solitudine. Solo che adesso nemmeno leggere aiuta. Non riesco a smarrirmi nella storia, nella vita dei personaggi. Non penso ad altro che a quegli occhi dorati a lenta combustione, che mi fissano al tavolo. A come tiene il calice di vino nella manona, facendone vorticare il contenuto mentre mi studia. Mentre mi tenta.

Tentazione che adoro – lo ammetto. Adoro che voglia sedurre me, sua moglie! Avrebbe tranquillamente potuto costringermi a sposarlo e rinchiudermi nella cabina di uno yacht chissà dove. Peggio ancora, avrebbe potuto farmi violenza. Mi sembra proprio il tipo che costringe gente a fare cose.

Che con me resti un gentiluomo e che aspetti gli dia il permesso di prendermi la verginità mi rassicura e solletica al contempo.

Sì, sono ancora innamorata della sciocca idea di salvare il ragazzaccio. D'addolcire il cuore d'un uomo indurito. Fu proprio questa fantasia a mettermi nei guai al ballo.

Mi vergognai tantissimo quando papà, aprendo la porta della dispensa, beccò Antonio con le labbra incollate alle mie, la manona sul mio sedere e l'altra a strizzarmi un seno – non mi ripresi mai veramente. I miei mi levarono tutti i regali di compleanno ricevuti alla festa, e non mi venne permesso di andare a Parigi per due estati!

Divenne l'evento da rinfacciarmi ogni volta che uscivo dai binari. La mamma stringeva forte le labbra e mi avvertiva di non rovinare la famiglia come già avevo rischiato di fare. Papà mi minacciava di ripudiarmi, l'avessi fatto.

E temo proprio di averlo fatto.

No, *col cavolo!*

È stata tutta colpa di papà. Si è comportato in modo immorale con Antonio. Non aveva diritto di trattarlo come spazzatura. Non che la grandiosa vendetta della vittima sia giustificabile, eh...

Dovrebbe turbarmi di più il tipo d'uomo che pare essere alla luce delle sue azioni. Che sappia covare tanto risentimento da escogitare un piano così elaborato. Ammirevole però: c'è voluto un uomo brillante per incastrare papà. Per salire tanto in alto da impossessarsi di una grossa ditta e della figlia d'un esponente dell'alta società in un colpo solo.

Dopo un paio d'ore lascio perdere il libro. Decido di provare la vasca ovale di marmo del bagno. La riempio d'acqua saponata bollente, poi mi spoglio e m'immergo.

Mi appoggio alla parete. Fuori, dal ponte, giunge Puccini – un'immediata consolazione per l'anima.

La musica è sempre stata la mia passione. Passione completamente rigettata e svilita dalla mamma.

Ascolto meglio per capire che canzone è. È della *Bohème – Sì. Mi chiamano Mimì* – un'aria che imparai allo Smith col corso in Studi performativi. Alzo la voce per seguire il brano, in cerca del piacere delle note – che trovo.

Il suono echeggia sulle pareti del bagno, soddisfacendomi, consolandomi.

Mi sembra di tornare me stessa.

Canto a squarciagola ormai – con l'opera non ci si può certo tenere! Mi tuffo nella musica come Maria Callas a centro palco, mi spolmono. È bello svuotarsi del fiato, smuovere le energie. Il canto mi trasforma, come sempre. Dimentico le rigide restrizioni dei miei e gli obblighi sulla mia vita e sul mio comportamento dovuti al mio lignaggio. Quando canto esisto in armonia. Non sono Dahlia King, debuttante dell'alta società, ma semplicemente... sono. Sono la canzone, la musica, le parole, il fiato. Sono voce e respiro e anima colmi di emozioni inespresse.

Sollevata, ravvivata, esco dalla vasca per asciugarmi, ancora cantando.

Mi avvolgo l'asciugamano sotto alle ascelle ed esco in camera; poi mi blocco con una E morente in gola.

"No, non smettere." Antonio abbassa lo schienale della

poltrona, a ginocchia divaricate e mani sui braccioli. La quintessenza stessa del potere sereno, dell'autorità. Sexy, dominante. Fin troppo delizioso. Si sporge in avanti. "Prosegui, per favore. Non avevo mai sentito nulla di più bello in tutta la mia vita."

Batto le ciglia – all'inizio non ci credo, ma ha un'espressione rapita. È concentratissimo su di me. Non percepisco né sarcasmo né manipolazione.

Ricomincio, però vacillo dall'imbarazzo. Antonio comunque par rimanere estasiato, perciò riesco a tornare al brano. Chiudo gli occhi, perché non riesco a guardarlo mentre canto – penso alla storia romantica di Mimì e Rodolfo, al loro amore bohémien al primo sguardo.

Mentre canto mi chiedo come sarebbe stato se avessi conosciuto Antonio in quelle circostanze – da povera sartina, libera d'amare un altro artista. Libera di seguire i miei desideri, strade da me scelte. Di esprimermi creativamente. Con abbandono.

Al termine dell'aria, allento i pugni e apro gli occhi. Antonio si alza in piedi per applaudirmi.

"Brava!" Praticamente urla. "Brava, *amore*. Non me l'avevano detto." Scuote il capo, la meraviglia a tingergli gli occhi color del whiskey.

Il mio sciocco cuoricino batte veloce come un colibrì. "Cosa?"

"Che sei incredibile." Mi prende le mani. "Come mai non lo sapevo? Ti avevo studiata bene."

Vengo travolta da una bollente ondata di piacere. È stupido, lo so. Non ho ragione di sentirmi lusingata – mi ha studiata per fregare papà e sottrarmi al mio fidanzato. Però il commento mi ha fatto piacere lo stesso. O forse mi piace avere le mani inghiottite dalle sue, enormi. Ha la pelle ancora più calda dello sguardo.

"A mia madre non piace si sappia in giro. Trova troppo bohémien fare l'artista. I King devono essere *mecenati* delle arti."

Inclina la testa. "Possibile nascondere al mondo un talento tanto grande? È un'assurdità."

"Non saprei, sai..." Lascio guizzare lo sguardo per la stanza senza saper bene dove fermarlo.

"Non fare la modesta." Mi solleva il mento. Mi guarda intenso, come se la sua nuova missione di vita fosse perorare la causa del mio canto.

Cosa che non odio. So che Antonio affronta ogni evento dell'esistenza con ferocia innegabile – è un dono saperlo al mio fianco in una cosa cui tengo tanto. Mi fa spuntare le ali.

Non che abbia intenzione di perseguire la carriera di cantante, eh. Ma il suo sostegno mi titilla qualcosa che tenevo rinchiuso in me. Un compartimento che finora mai mi era stato concesso di aprire è stato scassinato, il cassetto è stato aperto.

"Dahlia, sei nata per cantare. Dio ti ha dato un dono innegabile."

Ormai tremo. Sono sull'orlo delle lacrime – chissà perché. È come se Antonio stesse curiosando nei recessi del mio cuore. Mi sento esposta, nuda, vulnerabile... eppure terribilmente e dolorosamente speranzosa. Come fosse appena stata riaccesa una candela spentasi quand'ero piccola.

"Non posso... non posso *continuare* a cantare in pubblico..."

"Sei una Beretta adesso. Fai ciò che ti pare."

Altro caldo liquido m'inonda il petto, diffondendomisi per gambe e braccia.

Però mi ripiglio. Non posso mica dimenticare di essere

prigioniera sullo yacht! Antonio sarà anche mio marito, ma resta il mio carceriere.

Faccio un passo indietro. "Ciò che mi pare? Sì, come no. Non ero tua prigioniera?"

Mi pento dell'attacco quando qualcosa gli tremola negli occhi. "Devi piegarti al mio volere, sì. Ma a quello di nessun altro." Nell'ultima frase risuona un senso d'onore che riaccende lo stoppino della mia povera candela. Come se Antonio intendesse difendermi contro chiunque m'impedisse di fare ciò che voglio.

Per un attimo vedo un barlume di come sarebbe avere qualcuno dalla mia parte – una novità per me. La meraviglia mi fa cedere le ginocchia.

"Vieni qui, *bella*." Prende gli orli dell'asciugamano e mi tira a sé. I lembi si aprono e li usa per tirarsi addosso il mio corpo arrossato. China lentamente il capo, come per darmi modo di scostarmi, ma resto prigioniera del suo sguardo dorato, incapace di distogliere gli occhi, come sempre avida di qualsiasi cosa sia sul punto di offrirmi.

Schiaffa le labbra sulle mie in un bacio lento e deciso. Le sue sono morbide. Sa di champagne costoso.

Apro la bocca a lui, gli infilo la lingua dentro – timido tentativo che lo risveglia, e butta l'asciugamano per prendermi la nuca con la mano e baciarmi più profondamente. Coi denti, con la lingua, con forza brutale. Le fiamme mi lambiscono fra le cosce, su fino nel centro del corpo, bruciandomi ogni resistenza. Ogni risolutezza.

Si scosta piano. "Ti va di cantare per me, bellissima?" Parla in un dolce tuonare persuasivo. In un tono che con me non aveva mai usato – e che mi fa sentire al sicuro, speciale. Accudita.

"Sì." La sillaba mi esce con facilità.

Non canto per nessuno perché alla mamma non

piaceva, ma so di saperci fare. I docenti universitari mi davano spesso assoli nel coro, e una volta m'assegnarono pure la parte principale nel musical *Gigi*. Non lo dissi ai miei e nel programma mi feci inserire col secondo nome, in modo da non finire sui giornali di New York.

Antonio mi accarezza la guancia col pollice. Sono nuda, ma mi tiene lo sguardo sul viso. Rimaniamo così, a guardarci negli occhi. Sono sicura che sia in corso uno scambio energetico, ma non so come interpretarlo. So solo che il cuore mi batte forte, che le labbra mi formicolano e ronzano dopo il bacio.

Mi molla delicatamente. "Meglio che ti metti il tuo pigiama peggiore, o rischio di non riuscire a tener fede alla mia parte dell'accordo."

Mi sfugge uno sbuffo che è più risatina. Dalle nozze, per la prima volta il petto mi si espande. No – non è vero – per la prima volta dal college. Il breve lasso di tempo in cui ebbi un pizzico di libertà. Adesso però è diverso. Questo è un caldo spazio di leggerezza e possibilità. Di sicurezza e premure.

Buffo che tanta libertà venga dalla costrizione a un matrimonio con uno sconosciuto per una vendetta...

Ci penso su accettando la tregua che mi offre, voltandomi per mettere mutande e camicia da notte.

Non è una libertà reale.

Dev'essere più l'impressione di non avere niente da perdere.

Però non sembra corretto nemmeno questo. Perché Antonio mi ha appena fatto un regalo, e non è una tregua dal sesso – che forse stasera gli avrei pure concesso. È qualcos'altro.

Una sensazione che voglio custodire.

Una nuova percezione di me stessa – di ciò che potrei

essere oltre i confini tracciati per me dai miei genitori. Di chi sono oltre a loro.

Forse... di chi sono con Antonio.

Mi preparo quindi, aspettandomi di sentire il pensiero fare un bel tonfo, come battessi la testa contro al muro... invece non si sente nulla. Anzi: mi sento solo più leggera.

Lancio un'occhiata nervosa al mio nuovo marito, che ormai solo in boxer sta andando in bagno.

Per la prima volta da sempre, non so cos'abbia in serbo il futuro per me.

E per la prima volta da sempre... non vedo l'ora di scoprirlo.

Capitolo sette

*A*ntonio

La mattina mi sveglio quando Dahlia si sposta appena appena, lì dov'è.

Raggomitolata, mi dà la schiena. Finge di dormire ancora.

Sono sopravvissuto per miracolo alla nottata senza bloccarla sul materasso, strapparle la sottile camicia e accarezzarle ogni singolo centimetro del corpo. Muoio dalla voglia di darle un'altra ripassatina di lingua fra le gambe e guardarla venire. Di aprirle le ginocchia per scoprire com'è affondare in quel caldo umidore e prendermi ciò che è mio.

Ho dormito a malapena, ma non avevo nessuna intenzione di abbandonare il letto nuziale.

Ieri sera, quando l'ho sentita cantare, è cambiato qualcosa. È diventata più vera. Ho visto la vulnerabilità di una ragazza cui è stato impedito di perseguire la sua passione. E mi sono ritrovato travolto da un insondabile desiderio di farle realizzare ogni aspirazione abbia mai avuto.

E perché no? È mia moglie. Non dovrei prendermi cura di ciò che mi appartiene?

La vendetta è già completa. Il matrimonio e la firma per la *King Yachts* era il finale.

Quel che faccio della sposina non c'entra.

Anzi: quel che *abbiamo* adesso è un inizio.

Stanotte avrei potuto prenderla. Ho sentito come ha risposto al bacio. Ho visto la meraviglia nei suoi occhi quando li ha posati su di me. Ma per una volta nella vita non mi è sembrato giusto approfittare delle circostanze.

Ora però mi piglierei a calci in culo. Rischio di morire di voglia!

Le avvolgo le dita attorno al fianco.

S'irrigidisce. Le faccio ancora paura.

Ha ossa piccole e io mani grandi, quindi posso prenderle nel palmo l'intero bacino. Ah, che voglia di aggrapparmici come a un maniglione mentre me la...

Inspiro con misura e stringo le dita. "Lo so che sei sveglia, *principessa*."

Il tessuto setoso della camicia da notte non aiuta. Scosto le coperte per guardare meglio. È bellissimo – un guscio di seta coperto da uno strato leggero che le scivola su e giù per la pelle.

Adorabile – almeno finché non ricordo una cosina...

"L'hai comprata per lui." L'accusa mi esce in un ringhio di gelosia molto più brusco del previsto.

Si gira verso di me. "Ovvio," sbotta.

Mi sforzo di rallentare la respirazione e calmarmi, ma vado sempre più in agitazione. "E ti eccitava l'idea d'indossarla per lui?" chiedo. "Speravi gli piacesse?"

Attraverso la nebbia della gelosia, mi ci vuole un attimo per vedere le lacrime nei suoi occhi, quando si tira seduta per scoccarmi un'occhiataccia. "Ho fatto ciò dovevo."

Mi alzo anch'io.

Salta giù tirandosi dietro il copriletto per avvolgerselo

sulle spalle. "Ho fatto ciò che si aspettavano da me." Va al bagno battendo i piedi, ma si ferma sull'uscio e si gira a guardarmi. "Come ho sempre fatto da quando mi sono azzardata a baciare il pericoloso uomo che mi permise di fumare e che mi diede i brividi al solo toccarmi."

Entra in bagno e sbatte la porta.

Resto lì imbambolato, lentamente raggelato, incollato al letto.

Digerisco la rivelazione: sono il suo unico errore.

E le ho dato i brividi.

"Dahlia." Adesso mi muovo – vado al bagno.

È chiuso a chiave, ma con l'unghia del pollice apro la porta.

Si gira verso di me, a braccia conserte sui seni giovani, la mascella sporta in avanti, sulla difensiva.

"Vieni qui." Spalanco le braccia.

Mi guarda sospettosa.

"Vieni qui, *principessa*. Sono stato ingiusto. Ovvio che avessi comprato la camicia da notte per il sindaco. Non sapevi che non l'avresti sposato."

Con mio orrore, batte le ciglia e due lacrimoni le scendono giù per le guance. Alza di scatto il mento. "Non l'ho presa per lui, ma perché dovevo. Perché secondo mia madre mi sarebbe servita. Vuoi sapere se lo amo? Se gli voglio bene? Perché non me lo chiedi direttamente?"

Digrigno i molari. Devo adeguarmi al suo tono di sfida. "È così?" ringhio.

Scuote il capo senza scollare gli occhi dai miei. "No." Le si spezza appena la voce. "Se quindi credevi di vendicarti spezzandomi il cuore, sei rimasto fregato."

Merdaccia.

Sospettavo non fosse un'unione romantica, ma credevo fosse ancora innamorata dell'idea di sposarsi il pargolo di una potente famiglia di politici. Che partecipasse volontariamente al matrimonio di convenienza.

Ma adesso, proprio come ieri sera, la vedo solo come una bellissima ragazza preda di una rete di aspettative e convenzioni di cui mai le è importato molto. Ecco perché venne a cercarmi la sera del ballo. Ecco perché ieri sera ha tremato quando le ho dato il permesso di cantare.

"Scusa."

Non si è buttata fra le mie braccia tese, perciò la tiro a me – le poso la testa sul mio petto e ne bacio la cima.

Mi spinge via per sollevare il viso. "Di cosa ti scusi?" Ha ancora quell'espressione caparbia. Ce l'ha con me come ce l'ha con chiunque le abbia mai detto cosa fare aspettandosi si piegasse ai propri desideri. Non sono migliore dei suoi genitori. Non le ho dato modo di scegliersi un futuro.

Trafitto in petto dal rimpianto... lo scaccio in malo modo.

Il piano è in corso. E non ci saranno certo cambi di rotta adesso. Dahlia è mia, e non la lascerò andare.

"Mi dispiace che la tua vita non sia tua."

Le si colmano di nuovo gli occhi di lacrime mentre mi scruta in volto. Le prendo la guancia nel palmo e le accarezzo la pelle morbida col pollice. "No che non ti dispiace," mi dice. "Vuoi solo controllarmi tu adesso." Mi spinge via ed esce dal bagno – io la lascio andare, perché ha tutte le ragioni del mondo.

"Non è che *voglio*," le urlo dietro mentre va al cassettone per cambiarsi. "Ti controllo *già*."

Capitolo otto

ahlia

DTrascorro la giornata sul ponte, a leggere un libro in costume da bagno. L'aria è calda e balsamica. Abbiamo decisamente lasciato le acqua del New England. Sono troppo orgogliosa per chiedere dove siamo, dato che non ha molta importanza. Antonio dice che non mi lascerà sbarcare finché non avremo consumato, perciò ho intenzione di resistere. *Per anni, se necessario.*

Così impara.

Pranzo sola qua fuori. Nel tardo pomeriggio vedo terra. Con mio stupore, gettiamo l'ancora. Non ho idea di dove siamo, ma forse è l'occasione di parlare con papà! Magari il capitano Shawn ci sta già lavorando. Sarà il caso di riparlargli.

Metto il segnalibro nel romanzo e mi alzo dalla chaise lounge cercando di elaborare un piano.

Mi s'avvicina a grandi passi Antonio. "Vestiti, tesoro. Ti porto a cena."

Il cuore raddoppia i battiti in un'improvvisa ondata

adrenalinica. Perfetto. Potrebbe essere l'occasione giusta di scappare!

Anzi, no, cancella tutto. Niente tentativi di fuga finché non avrò parlato con papà. Non riuscirei mai a sopportare di firmare la condanna a morte dei miei per aver fatto arrabbiare Antonio. Ma se Shawn mi ha detto il vero, papà sta cercando di capire come liberarci tutti. Devo almeno riuscire a fargli capire dove siamo. Se riesco a parlarci, tanto meglio.

"Ok," dico, come se nella cena vedessi un'incombenza, non un'occasione. Lo supero leggera per andare a vestirmi in camera.

Indosso un vestitino bianco e un paio di sandali col tacco. Meglio approfittare di qualsiasi distrazione disponibile. Se posso dirmelo da sola, ho gambe lunghe, abbronzate e sinuose.

Il borbottio d'approvazione che mi accoglie al mio riemergere non dovrebbe farmi tanto piacere, eppure... Mi ubriaco dello sguardo bollente di Antonio – tanto che sculetto pure. Quest'uomo mi riaccende nel corpo. Mi elettrizza come Jake mai è riuscito a fare. Come nessun uomo era mai riuscito a fare.

Mi prende per mano, e scendiamo sul motoscafo che ci aspetta qua sotto.

"Dove siamo?" domando a terra.

"A Miami."

Ok. Non male.

"Ah, ottimo. Adoro la cucina cubana." Mi libero la mano per ravvivarmi i capelli mentre incedo a grandi a passi.

Due dei suoi mi fiancheggiano subito e faccio un salto dalla paura.

"Alla larga da mia moglie," ringhia Antonio.

L'uso della parolina *moglie* non mi sconvolge di meno. È come mi desse la scossa ogni volta che sottolinea il suo possesso su di me. E non posso neanche dire che mi dispiaccia tanto...

I due mi fanno spazio.

Aspetto che Antonio mi torni accanto. Fra lui e gli altri, meglio lui. Inoltre ho bisogno che creda di avermi in pugno per scappare, per rintanarmi in un bagno e usare un telefono. O altro.

Mi posa delicatamente una mano sulle reni, e passeggiamo sul lungomare. "Eri mai venuta a Miami?"

"No," ammetto.

"È famosa per le perle nere. T'interessano?"

Percepisco il desiderio di farmi contenta. E forse proprio per questo faccio la dura. "No."

Mi trascina a un negozio. "Diamoci un'occhiata lo stesso."

Dietro al banco c'è un uomo ben vestito. Inclina il capo e ci saluta. "*Muy buenas tardes.*"

"*Buenas tardes.*" Do un'occhiata ai gioielli nella vetrinetta ben consapevole dell'attenzione di Antonio. Dell'intensità che dedica al mio interesse. Meglio non osare ancora di recuperare telefoni o complici.

"Ci mostri quella." Indica l'unica collana su cui sono rimbalzati i miei occhi: una sola e gigantesca perla su oro bianco in un'artistica curva asimmetrica.

Una meraviglia.

Né discreta né prevedibile.

I classici fili di perle li odio. È tutta la vita che li indosso. Ogni donna che conosco porta candide perle... la cui bellezza e il cui costo non m'interessano per nulla.

Questo gioiello però è diverso.

Antonio indica l'astuccio dell'anello coordinato. "Ci faccia vedere anche quello."

Il commesso l'accontenta di fretta; pesca entrambi i pezzi e m'infila la collana prima che possa protestare. Alza uno specchio perché mi ammiri.

Adorabile. Nella sfera nero argentata danzano e scintillano arcobaleni.

Cerca poi di mettermi l'anello alla mano destra, ma interviene Antonio: mi toglie quello di fidanzamento e la fede di Jake e v'infila al loro posto questo.

Oh, che fastidio mi calzi a pennello! Non vorrei adorarlo tanto. Né vorrei sentirmi gratificata dal fatto che voglia sostituire i pezzi di Jake. Volevo continuare ad aggrapparmi all'offesa e usarla per innalzare le barricate di difesa contro di lui.

"Prendiamo entrambi. Ah, anche gli orecchini." Indica un paio di pezzi lunghi cinque centimetri con enormi perle nere all'estremità di un solo filo d'oro bianco.

Sborsa una sommetta assurda. Fuori dal negozio, indosso tutto.

Mi prende la mascella per girarmi la testa da parte a parte ed esaminarmi come ha fatto nella limousine il giorno delle nozze. "Ti donano. È roba di classe, benché diversa dal resto. Decisamente unica."

Mi ribello al calore che mi accende dentro. Mi ribello con tutte le forze che riesco a racimolare. "E dovrei ringraziarti?"

Mi lascia la faccia. "No. Come ringraziamento basta che li indossi."

Parole che mi rigiro nella mente, chiedendomi che significhino. Che gliene frega se porto o meno i suoi regali? Cosa vuole davvero da me?

Perché... perché mi sembra sia cambiato tutto.

Non agisce più solo per vendetta. Altrimenti non gliene fregherebbe niente di farmi mettere l'anello. Altrimenti neanche me l'avrebbe comprato!

No, vuole farmi contenta.

E per quanto detesti ammetterlo... lo sono eccome.

Ma stasera dovrò comunque mettermi in contatto con papà.

* * *

Antonio

Che stranezza.

Mi piace semplicemente stare con mia moglie. Sì, è uno spettacolo per gli occhi, ma c'è di più. Mi piace udirne la voce, anche se tesa e sulla difensiva. Mi piace guardarne l'espressione. Mi piace vederla cercare di nascondere ciò che prova, l'attrazione che sente per me. Che si goda le mie attenzioni.

Se le lascio vincere qualche round, forse abbasserà di nuovo la guardia. Potrebbe esistere la possibilità di avere un matrimonio vero. Non che lo volessi, eh – o me l'aspettassi – almeno non consapevolmente. Ma questa donna è al centro del piano di vendetta fin dall'inizio. È stata lei il grilletto. La ragazza di cui non ero all'altezza, che non meritavo.

Divenuta poi simbolo di tutto ciò verso cui rivolgere la mia ira... non fosse che è un simbolo luccicante, splendente. Uno scopo da perseguire, catturare. E tenere.

La bella sensuale ed enigmatica del ballo.

Il premio.

Il mio. Ciò che meritavo davvero – la sera del ballo e adesso.

No, forse adesso no. Perché non mi sono ancora guadagnato il suo affetto. Ho giocato sporco e ho vinto.

Ora forse è il momento di corteggiarla. Di scoprire cosa la smuove. Come farla sorridere, ridere, cantare.

Ah... che voce! Come quella di un angelo...

Dopo averla sentita ieri sera, mi sembra d'aver visto un barlume della vera Dahlia, dell'artista vulnerabile e talentuosa cui mai è stato permesso d'esprimere i propri doni.

Che voglia di torcere il collo ai suoi...

E adesso sono determinato a far sì che abbia tutto ciò che ha sempre sognato.

Ecco perché ho scelto un allegro ristorante all'aperto con un gruppo che si esibisce in pop inglese contemporaneo, invece di un localino elegante e costoso cui sarebbe più abituata.

Accomodati nelle *palapa*, turisti americani si scolano cocktail alla frutta.

Assisto al passaggio di Dahlia dalla tensione alla curiosità. Mentre il cameriere prende gli ordini, osserva il gruppo e i felici ubriachi che ci circondano.

Finisce il daiquiri alla banana e gliene ordino un altro. È molto più allegra. Mentre mangiamo piatti di pesce semplici ma squisiti, fa ruotare appena le spalle e poi fa un cenno alla musica, con un sorriso ai musicisti.

"Bravi, no?" chiedo.

"Bravissimi."

"Canti anche pop o solo opera?"

"Adoro questo genere. Canto tutto. Avessi potuto fare qualcosa nella vita, sarei diventata una stella dei musical di Broadway."

Amore mio.

Il talento non le manca. Peccato che i suoi non l'abbiano appoggiata.

Quando dopo cena va in bagno, mando uno dei miei a tenerla d'occhio e parlo col frontman.

Adesso si balla – c'è qualche disattento beone e qualcuno con più classe. Quando torna la prendo per mano e la porto in pista. Il cuore le salta subito in gola.

È entusiasta. Di ballare con me?

Mi viene da pensare che abbia vissuto un'esistenza priva di divertimento. Di libertà. Di sfoghi. Balliamo qualche brano e ordino un altro drink, ma tenendola in pista. Balliamo finché non è tutta rossa, con gli occhi luccicanti.

Poi la porto sul palco e dico al frontman che si esibirà con loro.

"Cosa? No!" Cerca di fare dietrofront, ma la spingo delicatamente avanti.

"Canta meravigliosamente," spiego. "Digli cosa suonare, *bella*, e ti accontenteranno." Ho passato una mazzetta al tipo per assicurarmi che la trattino bene.

"Ehm..." Mi guarda e le faccio l'occhiolino. "Sapete suonare *Be My Baby*?"

Il gruppo attacca; Dahlia piglia il microfono offertole dal frontman. E canta.

Dieci canzoni dopo la gente si sta scatenando... Dahlia è la nuova star. Io resto sotto al palco, proprio davanti a lei. Come suo primo fan e custode.

Mi assicuro le portino acqua e daiquiri, mi abbevero del suo talento. Della sua presenza. Del suo atteggiamento. Del suo carisma.

Potrebbe diventare una star. Dovrebbe già esserlo.

È incredibile.

Quando comincia a farfugliare e barcollare, la prendo per mano e la tiro giù per abbracciarla, in una presa da luna di miele.

"Torniamo allo yacht, *amore*."

Mi avvolge le braccia al collo e mi dà un bacio sulla tempia. "È stato uno spasso."

"Davvero?"

"Grazie."

Sembra sincera – provo una strana sensazione al petto. Una stretta, una scudisciata. "Mi prendo cura di ciò che è mio."

Mi mordicchia l'orecchio. "Quindi sono tua?" Fa scivolare la lingua sul padiglione auricolare.

Mi viene duro come la roccia. "Decisamente."

Fossi un gentiluomo vero non approfitterei d'un affetto dovuto all'alcol e al divertimento.

Ma non sono un gentiluomo. E poi è mia moglie.

Sono tre giorni che mi scoppiano le palle. E sono abbastanza meschino da approfittarne. Se la seduco adesso e mi guadagno il suo consenso... nulla m'impedirà di farla mia.

"Ma perché mi vuoi?" chiede, ancora fatta. "Sono figlia del tuo nemico. Non dovrei farti schifo?"

"Schifo?" Mi scappa una risata triste. "Macché." La porto nel tender e me la sistemo sul grembo per il breve tragitto fino allo yacht. "Dimentichi perché è diventato mio nemico."

Ho le tette ad altezza occhi. Apro la bocca per morderla sul tessuto del vestito.

Miagola e mi si divincola addosso. Serro i denti e mi fiondo sul capezzolo, che mordicchio.

"Eri attratto da me." Lo dice con una punta di meraviglia, come ci pensasse per la prima volta.

E temo di essermelo dimenticato anch'io – ha offuscato l'inizio di tutto il seguito: una vita rovinata per un bacio e una palpatina al culo.

"Mmm-mmm." Le accarezzo la gola col pollice. "Sei

una donna bellissima. Una nobile newyorchese. Avresti dovuto essere fuori portata, e invece venisti da me come vedendo qualcosa che volevi."

Si gira e mi si mette a cavalcioni, sconcertandomi. Dubito voglia strusciarsi – vorrà guardarmi in faccia – ma ciò non m'impedisce di tirarmela sull'uccello duro.

Comincia subito a dimenarsi. Sospetto non sappia neanche che combina... ma il suo corpicino lo sa eccome!

"Ti volevo *infatti*," confessa. "Persino allora trasudavi potere."

"Persino quando facevo da servo al tuo ballo, intendi?" Potevo risparmiarmela. Soprattutto adesso che mi sbatte le tette in faccia e mi struscia la fighetta bollente sull'erezione...

Mi bacia. D'un bacio confuso ed eccitato, con un fervore che mi fa dimenticare tutto tranne la sensazione di averla addosso, il bisogno di darle piacere e di ottenere il mio. Le agguanto il volto per ricambiare il bacio, per infilarle la lingua in bocca e prendere il sopravvento.

Mi muove quel suo dolce culetto sul grembo. Le prendo una guancia tra le dita e l'aiuto a trovare il ritmo. Quando arriviamo allo yacht, ansima di bollore.

Non perdo certo tempo: la sollevo sulla scaletta.

Zigzaga verso camera nostra, quando la prendo in braccio per portarcela io. Chiudo la porta con un calcio e la rimetto in piedi, poi le abbasso la cerniera del vestito e le bacio le labbra gonfie.

Le sfuggono dei piccoli versi, mi fa scivolare le mani sul petto. Riesce ad aprirmi un bottone della camicia. Le sfilo l'abito dalla testa.

"Non ti eri dimenticata di me, eh?" Chissà perché glielo chiedo. Chissà perché mi è così importante sapere che non baciasse ogni cameriere di ogni ballo del cazzo.

"Non t'ho mai dimenticato."

Le slaccio il reggiseno, poi glielo levo in malo modo e lo lascio cadere a terra. "Avresti voluto di più quella sera?" Le sfioro col polpastrello del pollice il capezzolo turgido. Una mano la tiene ancora dalla nuca per direzionarle la faccia ai baci. Non le do modo di raffreddarsi, d'innervosirsi.

"Sì," rantola.

"E cosa mi avresti dato se avessi insistito?" Le palpeggio e strizzo il seno e la rovescio sul letto.

Si lagna d'eccitazione.

"Eh?" Adesso le agguanto il culo.

"N-Non lo so." Mi ha sbottonato metà camicia ormai. Me la strappo via facendo saltare i bottoni ancora chiusi. Mi graffia con le unghie il petto villoso.

La spingo giù e le monto sopra. Spalanca le cosce perché strusci la protuberanza dell'uccello fra le sue gambe. Reagisce in gemiti. "Mi avresti permesso di toccarti qui?" Infilo la mano fra noi, gliela ficco nelle mutande e la schiudo col polpastrello.

Urla nell'istante in cui le tocco il clitoride. Solleva le cosce e me le serra sui fianchi, tirandomi contro di sé. "Dio, sì!"

Rido – chissà se il *sì* sta per quello che sto facendo adesso o intende che me l'avrebbe concesso. Non importa. Le schiaccio il bocciolo e ci disegno un lento cerchio. Ha la pelle arrossata, le palpebre che sfarfallano mentre mi passa le mani su e giù per le spalle.

Abbasso l'indice e la penetro. Geme piano, aprendo quella bella boccuccia senza più richiuderla.

La bacio lungo la mandibola, giù per il collo.

"Fantasticavo su di te."

Cazzo... non ci credo!

"Ah sì? E cosa facevo nelle fantasie?" Aggiungo un

secondo dito, allargandole l'ingresso stretto per prepararmela tutta. "Questo?"

Scuote il capo. "Sì. Ma così è meglio. Non lo sapevo."

Le faccio un ditalino delicato. "Non sapevi che sarebbe stato tanto bello?"

Cattura il labbro inferiore fra i denti con un altro scossone del capo. "No." Suona disperata, come già vicina all'orgasmo.

Non mi va che venga senza di me stavolta, muoio dalla voglia di venire con lei, di portarci contemporaneamente allo stesso piacere.

Abbasso la cerniera dei pantaloni e sguinzaglio l'erezione.

Dahlia si solleva sui gomiti per guardarla. Non pare spaventata ma più... affascinata.

"Non hai mai provato tanta goduria," le giuro portando la cappella ai suoi succhi. "Vuoi guardare?" Le ficco un cuscino sotto spalle e capo, così vede bene. "Vuoi guardarmi mentre ti scopo?"

Glielo ficco fra le gambe con calma, usando il suo lubrificante naturale per farla allargare, per aprirmela bene.

S'irrigidisce quando spingo, perciò arretro.

"Ecco." Le avvolgo la mano sulla base. "Controllalo tu."

Fa guizzare lo sguardo al mio viso, poi torna all'uccello.

"Mettitelo dentro, principessa."

Tira piano e la seguo, spingendomi in lei, arretrando delicatamente quando ne ha bisogno. Facilmente, organicamente, entro tutto nello stretto canale inviscidito per me.

Il senso di vittoria che mi travolge non deriva dalla consumazione del matrimonio, e nemmeno dalla vendetta.

È la fiducia che c'è adesso fra noi. L'intimità. L'impressione che giochiamo nella stessa squadra. Ora non possiedo

Dahlia: è lei a possedere me. Farei qualsiasi cosa per farla star bene.

Le cingo la schiena con un braccio e ci rotolo per mettermela sopra. "Montami," mormoro.

Ubbidisce; premendomi sul petto si solleva per cavalcarmi. Le agguanto i fianchi per mostrarle come muoversi, poi mollo la presa per darle una pacca al culo. "Vai. Fammi vedere cosa ti piace."

Un lampo di confusione le passa per il volto. "A me?"

Annuisco, e glielo faccio rivedere. "Come ti piace farlo? Godi così?"

"Posso..." Si morde di nuovo il labbruccio e comincia a strusciarsi. "Ah!" L'espressione di piacere sorpreso mi mozza il fiato. Lascia ricadere le mani sulle mie spalle e accelera. "*Ah.*" Sposta le mani sulla testiera per spingersi e dimenarsi su di me. Accelera sempre di più, ansima come un'ossessa.

Scommetto che riuscirei a farla venire con una sola sfioratina del clitoride... ma scuoto la testa. "Non ancora, *principessa.*"

Si ferma di colpo; mi fissa con occhi da pazza, come avesse sbagliato qualcosa.

"Voglio venire con te stavolta."

La rigiro sulla schiena. "Vuoi venire con me?"

Incolla gli occhi ai miei e annuisce.

"Brava." Mi dondolo in lei, all'inizio lentamente. Ormai è fradicia, quindi scivolo benissimo. "Sei bagnatissima, tesoro. Ti piace cavalcarmelo, eh?"

"Antonio..."

Sentirle sfuggire dalle labbra il mio nome mi fa qualcosa d'assurdo al cuore. Ancora una volta, è lei a possedere me. Farei qualsiasi cosa in mio potere per sentirla ansimare il mio nome ogni giorno della mia esistenza.

Accelero, e comincia a mormorare il mio nome.

Ecco.

Ecco cosa m'è mancato per tutta la vita.

Ne ho avute di donne. Parecchie. Ma stavolta c'è qualcosa di diverso. Dahlia è mia moglie. E non in senso lato, da catturata. Non si tratta di farsi il tesorino dell'alta società.

Cazzo.

Ho escogitato una tale vendetta solo per avere lei?

Quel bacio… quell'incontro sono stati tanto speciali?

Eravamo due anime destinate a entrare in collisione in questa vita? E l'ho riconosciuta fin da allora?

Credo di sì.

Ora che lo so perdo ogni controllo – me la sbatto ben bene, dimentico le premure che le dovrei. Mi aggrappo alla testiera e la monto, insisto finché non mi esplodono le palle.

Vengo fra le urla, e Dahlia mi stringe le gambe attorno alla schiena per tenermi a sé. Sono cieco – per un attimo non vedo che fuochi artificiali mentre le spruzzo tutto dentro.

"Dahlia." Mi ricordo di lei; di colpo tornato alla realtà mi rendo conto di essere stato brutale – troppo per una vergine intonsa!

Tiene gli occhi chiusi.

Infilo la mano fra noi per massaggiarle il clitoride, e ha uno spasmo muscolare attorno all'uccello.

Grida e s'inarca verso di me. "Oddio!"

"Così, *principessa*. Puoi venire anche tu."

"Oddio." Continua a strizzarmi e stritolarmi, spremendomi dell'altro ancora. "Che bello."

Cazzo.

Ci rotolo sul fianco per prenderla fra le braccia e baciarla in fronte, sul naso, sulle labbra. "Ti è piaciuto, dolcezza?"

"Mmm-mmm."

Le accarezzo la schiena, assaporando la morbidezza della sua pelle, il suo sciogliersi contro di me, il suo concedermi di stringerla.

Per la prima volta da anni, in me qualcosa si cheta.

Riposa.

Dahlia è mia. Forse non nel cuore, ma nel corpo sì.

Il resto verrà.

Capitolo nove

D ahlia

Mi sveglio ancora accoccolata fra le braccia di Antonio. Calda e sazia. Indolenzita, ma in senso buono.

Quando mi muovo mi serra le braccia attorno e mi bacia sulla nuca.

Non volevo farlo.

Oh, ma chi voglio prendere in giro... l'ho voluto. Lo volevo dalla sera del ballo del mio debutto. Ogni volta che m'immaginavo il sesso fantasticavo di lui.

Solo che è stato molto più bello che in fantasia. Più appagante. Più inebriante.

E voglio farlo ancora.

E poi c'è la parte cui mai avevo pensato.

Gli abbracci. Le carezze. I mormorii fra dolci baci.

Tanto affetto mi terrorizza. È una meraviglia. Esattamente ciò di cui ho bisogno da tutta la vita. E adesso che ho scoperto queste attenzioni... non voglio rinunciarvi più.

Ieri sera andando in bagno sono riuscita a passare un bigliettino al proprietario del ristorante. Gli ho promesso che papà lo ricompenserà generosamente se gli telefonerà per dirgli che sono stata lì.

Non posso sapere se lo farà o meno, ma adesso mi si annoda lo stomaco al pensiero.

Forse non chiamerà. Avrà buttato il foglio levando gli occhi al cielo alla stupidità delle americane.

Spero.

Stamattina mi dà la nausea l'idea che papà si presenti qui a salvarmi. Soprattutto perché so che farebbe qualcosa di terribile ad Antonio.

Mi sembra un azzardo pensare che il sesso ci abbia cambiati... eppure ho questa sensazione. O forse non è stato il sesso. Forse il sesso è stato il risultato di ciò che ci ha cambiati. Antonio stanotte mi ha fatta sentire speciale e amata. Mi ha colmata il modo in cui mi guardava cantare... ha riempito una crepa, un'incrinatura che avevo nella mia malmessa anima. Ogni volta che sono stata rifiutata perché crescevo come volevo io. Che non mi veniva permesso di avere sentimenti miei, di controllare la mia vita, di avere dei desideri. Tutte fenditure e caverne e anfratti subito colmati dallo sguardo ammirato di Antonio.

Per certi versi mi ha cambiata accettandomi per quello che sono, coltivando le parti rifiutate di me – il lato selvatico e ribelle, l'artista che brama l'esibizione. Oggi mi sento più completa di quanto forse mi sia mai sentita. Come se le schegge frantumate del mio essere fossero state rincollate insieme.

E poi c'è stato il sesso. M'è piaciuto un sacco. Non solo nel corpo, ma anche nell'osservare Antonio durante l'orgasmo. Ho adorato vederlo fuori controllo, disperato e bisognoso. E poi la sua immensa gratitudine dopo.

Perciò sì, è cambiato tutto fra noi. Non siamo più le persone scese ieri dalla *Luna di miele*.

Potrei già essere incinta di lui. E più di tutti è questo pensiero a sconquassarmi di terrore.

Che fine faremo? Venisse papà – e se Antonio sarà il padre di mio figlio... cosa m'accadrà? Ormai sono sua moglie. Fossi incinta dovrei rimanere con lui.

Non posso negare la punta di soddisfazione che mi dà l'idea, però. Le circostanze potrebbero costringermi a rimanere con Antonio e a crescere con lui un bambino. Sarebbe un buon padre? Migliore del mio? Ieri sera ho visto qualcosa che mi dice che è possibile. Indulgenza. Nutrimento. E il fatto che mi abbia lasciato il comando per la mia prima volta. Non mi ha imposto nulla. Non mi ha neanche chiesto se mi andava... se n'è assicurato. Ha saputo perfettamente cosa fare perché filasse tutto liscio per me. E per questo l'ho amato.

Oddio, sono già al verbo *amare*? Non posso amarlo, su! È il mio carceriere. Il nemico di papà.

E se fossimo davvero un'assurda versione di *Romeo e Giulietta*? Due amanti provenienti da famiglie in faida destinati a stare insieme.

Mi mordicchia il collo.

Ieri sera non mi sono lavata i denti, ho la bocca impastata. Scosto le coperte e cerco di scendere. Antonio mi agguanta per ritrascinarmi a letto.

"Dove credi di andare?" Mi tiene giù e si china per un bacio.

Giro la testa. "Ho l'alito cattivo!"

"Chi se ne frega."

A lui no apparentemente, perché mi bacia profondamente facendomi guizzare la lingua fra le labbra, mostrandomi che le nostre due bocche possono diventare una. Il respiro anche... uno. Condiviso. Quando si ritrae prende il bicchiere d'acqua qui accanto, mi solleva la testa dal materasso e me lo porta alle labbra.

"Come va stamattina?"

Bevo tutto, e ridacchia.

"Un po' di postumi? Speravo di averti tenuta sveglia abbastanza a lungo da farteli passare."

Mi surriscaldo tutta al pensiero di come mi ha tenuta sveglia. "Sì. Cioè, sto bene. Benissimo. Devo solo lavarmi i denti."

"Ok, permesso accordato." Sorride sfoggiando fossette di cui ancora non ho abbastanza. Mi lascia andare. "Ma torna subito a letto."

Scendo, stupita d'imbarazzarmi di essere completamente nuda. Mi sento ammirare da Antonio, e mi scaldo da dentro. Vuole che torni a letto. Cos'ha in mente? Non so mica se riesco a rimostrarmi nuda alla luce del giorno senza alcol...

Bah, sciocchezze. Faccio la pipì, mi lavo i denti e intanto il cuore martella di trepidazione. Non vedo l'ora di risalire sul letto e risentirmi le sue mani addosso. È come se il mio corpo sapesse a chi affidarsi: a lui.

Esco dal bagno e lo vedo sollevato, benché ancora a letto. Uguale a un dio greco. Scosta le coperte e mi tende le braccia. "Vieni qui." Ubbidisco, e mi tira a sé per accarezzarmi lungo il fianco. "Indolenzita, *principessa*?" Mi passa le dita fra le cosce – d'un tocco lieve che evita appena il centro del mio corpo.

"Un po'."

Ne trova l'indizio nella secca essenza che ho ancora sull'interno coscia, e approva in un brontolio. "Non mi hai lavato via dal tuo corpo."

Arrossisco. Avrei dovuto? Non so niente di queste cose io!

"Brava. Non mi lavare mai via," ordina. "Nuova regola."

"Io non seguo le tue regole." Ci metto leggerezza – senza alcun veleno. Voglio solo che sappia che continuerò così. Avremo anche consumato, ma mica significa che è il mio capo o che abbia accettato il matrimonio!

Alza gli angoli delle labbra. "Solo perché ti piacciono le conseguenze della disubbidienza." Mi gira sulla schiena e mi sale sopra, poi arretra fino a portare la testa all'altezza del mio bacino.

Mi trafigge subito la fitta dell'attesa.

"Apri le cosce, Dahlia. Per il premio, stavolta."

E non me lo faccio dire due volte! Spalanco le gambe e Antonio china il capo.

Inspiro fra i brividi. Mi passa la lingua sulla fessura, schiudendomi.

"*Oddio*." Che bello...

Ancor meglio dell'altra volta. Pare che più mi tocchi, più mi appaghi e più ricettiva diventi. Ormai sono pronta per lui, preparata a scoppiare al minimo stuzzicamento.

E con gli stuzzicamenti non si risparmia di certo.

Mi fa vorticare la lingua attorno al clitoride, me la passa dappertutto. Succhia e picchietta, usa i denti sul piccolo bocciolo.

Sussulto, il bacino che dalla delizia salta sul materasso.

"Ti piace, *bella*?"

"Ah..." Mi scappa un verso incomprensibile, qualcosa fra un gemito e un urlo. Che bello. Voglio tutto. Tutto ciò che mi ha fatto stanotte... e oltre.

Mi agguanta il sedere, mi solleva per sistemarmi contro alla sua bocca. Mi copre completamente il sesso, leccandomi e penetrandomi con la furba lingua.

Sempre più vogliosa, gli piglio fra le dita i capelli per tirarlo.

"Devi venire, tesoro?" M'infila un dito dentro.

Mi divincolo. Sono sensibilità allo stato puro, ma non m'importa. È incredibile. Mi serve. Sono bagnata e viscida, le dita sono troppo piccole...

"Voglio..."

"Cosa vuoi, *principessa?*"

"Voglio te."

Fa un sorriso malizioso. "Dillo. Di' *voglio il tuo uccello, Antonio.*"

"Voglio il tuo uccello, Antonio."

E non serve altro. Un lampo e mio marito è sopra di me, allinea il membro al mio ingresso. L'appagamento che provo quando si spinge in me non ha nomi, non è descrivibile a parole.

È solo impressione che sia *giusto.* Che i nostri corpi debbano stare insieme.

Lo piglio dalle spalle, mi reggo mentre s'inarca lentamente dentro e fuori, sempre guardandomi in faccia.

Ricordando quant'è stato meraviglioso vederlo venire stanotte, gemo d'approvazione. Cerco di farlo smettere di studiarmi per potermi smarrire.

Antonio m'ingabbia la gola per tenermi ferma e spinge con più forza.

Fa male... ma in senso buono. Appagante. Nel senso di *ancora.*

Faccio più chiasso – non per far contento Antonio adesso, ma perché sono prigioniera delle spire del piacere. Quant'è bello sentirlo muoversi dentro di me, accordare il mio piacere al suo...

Comincia ad ansimare, sempre più fiacco in volto su di me. "Dahlia," ringhia.

E non mi ci vuole altro. Già sentire il mio nome pronunciato dalla sua voce profonda mi fa venire. Mi serro attorno a lui, gli aggancio le caviglie sulla schiena per tirarmelo dentro.

"Asp... *cazzo*," rantola, sempre sbattendomi. "*Adesso.*" Mi penetra e resta fermo, riempiendomi del suo bollente seme.

Il corpo capisce l'ordine, perché l'orgasmo che mi scuote è come nulla che abbia mai vissuto. I muscoli interni si contraggono e allentano attorno a lui, l'interno coscia gli stritola i fianchi. Gli mordo il collo, gli succhio il lobo dell'orecchio, trasalisco e urlo e mi lagno – mentre i nostri corpi trovano insieme compimento.

"Oh, tesoro..." mi rantola nel collo. Leva il capo e m'intrappola la mascella nel suo modo prepotente. "Sei stata incredibile, tesoro. Bravissima. Stai bene?"

Nella sua presa, annuisco.

"Sono stato troppo brutale? So che ti stai ancora abituando ..."

"M'è piaciuto."

Un suo sorriso e le farfalle mi spiccano il volo nello stomaco! "Certo." Lo dice con tale orgoglio che mi spacco in due, e si libera qualcosa che era sempre rimasto rinchiuso, ingabbiato. Abbassa la testa per baciarmi forte e io lo accolgo, onorando il nuovo legame che abbiamo forgiato – qualsiasi cosa sia.

Ma non ho modo di esplorarlo ulteriormente, perché la porta sbatte sulla parete e fanno irruzione due uomini in tuta mimetica armati di mitra.

Capitolo dieci

*A*ntonio

Mi butto davanti a Dahlia per proteggerla e allo stesso tempo prendo la pistola che c'è qui accanto al letto.

"Non sparate!" gridano da sopra. "C'è mia figlia!"

Oh, *merda*.

Mi sa che Benedict King ha voglia di morire.

Punto la pistola fra uno e l'altro dei due. Devono essere mercenari – mi sanno da ex militari statunitensi. "Se mi sparate rischiate di prenderla."

"Dahlia, allontanati!" ringhia uno.

E nel sentirgli pronunciare il suo nome scoppio. In meno di un secondo sparo a lui e all'amichetto.

Dahlia si spolmona dalle urla.

Salto giù dal letto per correre alla porta.

"Dahlia!" la chiama il padre dal ponte.

"Non sparare!" grida lei.

Non so chi dei due implori.

Come una furia, esco e salgo le scale, e sul ponte

scoperto mi attiro subito il fuoco. Torno di filata in corridoio e do una sbirciatina.

Vedo uno a penzoloni sul parapetto sanguinare dal capo. A terra giace un altro dei miei.

'Fanculo.

Punto la pistola verso il ponte e sbuco lentamente fuori a sufficienza da prendere la mira. Una pallottola colpisce il muro giusto accanto alla mia testa... ma la mia prende un altro soldato.

Sento gridare in italiano, e ancora fuoco. Allora ce ne sono di miei vivi!

"Dahlia?"

Scorgo Benedict nascosto dietro a due. Ha una pistola in mano, ma la regge incerto. Mi sa che prima di prendermi si spara a un piede. Faccio fuori quelli con lui.

"No!" strilla Dahlia. Si è messa una vestaglia e sta salendo dietro di me.

"Torna in cabina," ringhio. "È pericoloso."

"Dahlia!"

Vengo distratto da tre che girano l'angolo. Faccio da scudo a Dahlia e li elimino.

Ma Dahlia fila di corsa dal padre. "Papà! Hai ricevuto il messaggio!"

La barca fa un bel girotondo. O forse sono io. Qualcosa gira comunque.

Ieri sera Dahlia gli ha mandato un messaggio. Così ci ha trovati.

Il tradimento è una coltellata al cuore che innesca l'antica rabbia. L'antico bisogno di vendetta. Sì, sono un bruto, un vero mostro, ma sono stati i King a rendermi così.

Sollevo la pistola e la punto dritta alla testa del caro paparino. Sono un ottimo tiratore. Finora nessun proiettile sparato da me ha mancato il bersaglio. Uno scatto del dito ed è morto.

La sta spingendo al parapetto, indica oltre il bordo. Dev'esserci una barca a motore. Non capisco come abbiano potuto avvicinarsi tanto senza che i miei se ne accorgessero.

Li seguo continuando a mirare chiaramente alla testa dello stronzo.

Mia moglie – la donna che ho appena fatto urlare di piacere – ha già una gamba oltre il parapetto. Si gira a guardarmi con occhioni terrorizzati. "No!" Nell'urlo risuona tanto orrore che sollevo la pistola al cielo. "Ti prego, Antonio..."

Non finisce neanche l'implorazione, perché il padre mi spara alla cieca.

Ormai sono da loro.

Benedict la butta giù dal parapetto; per un attimo ce ne restiamo entrambi qui a guardarla dimenarsi mentre precipita.

Trattengo il fiato, temo si spacchi la testa sulla barca di sotto... invece la manca e finisce in acqua.

Sbatto la mano sul polso di Benedict per disarmarlo. Spara a caso mentre cade sul ponte e scivola via. Gli poso la pistola alla tempia.

"Antonio!"

Sentire il mio nome uscire dalle labbra di mia moglie mi fa rabbrividire nelle viscere. Malgrado il tradimento è ancora tutto qui: il desiderio di appagarla. Di farla felice.

Scollo gli occhi dal padre per guardare oltre al parapetto. Sta nuotando lungo la barca tenendole un braccio sulla fiancata.

Incrocia il mio sguardo. "Antonio, no. *Ti scongiuro.*"

M'implora.

Come desideravo.

Come avevo previsto.

Ma non per la ragione auspicata.

'Fanculo.

Infilo la pistola nelle carni di Benedict. "Salta," ringhio.

Ha difficoltà a ubbidire.

"Salta," ripeto. "Fatti ancora vedere e sei morto."

Si rovescia con ben poca grazia oltre al parapetto, sbattendo nella caduta un braccio contro alla balaustra inferiore – se lo sarà rotto.

Torno a guardare mia moglie. Non si è arrampicata sulla barca. Affranta, continua a guardarmi.

Be'? Che ha adesso?

Cosa vuole ancora?

Punto la pistola al padre, che si sta già tirando in barca. Strappa via la cima dalla scaletta della *Luna di miele* e avvia il motore proprio quando la figlia sale.

E poi spariscono.

Vendetta rovinata.

Fine.

E non me ne frega niente.

L'ira che c'era in me ammutolisce.

Anzi... non sento nulla.

Sono completamente vuoto. Sgonfio. Morto come i cadaveri sanguinolenti sul ponte viscido.

È finita.

Il piano della vendetta, il matrimonio, i progetti per il futuro. Ho appena concesso tutto a una biondina debuttante che canta come un usignolo.

* * *

Dahlia

Cammina avanti e indietro con una coperta del letto

sulle spalle. Siamo in un hotel di Miami e parla al telefono col senatore Reese, il padre di Jake, della logistica e dell'illegalità di far venire fin qui dei marine per ammazzare Antonio.

Vado in bagno ed entro in doccia con ancora addosso i vestiti bagnati. Resto sotto al getto a lungo, poi mi siedo sulle mattonelle del pavimento e mi prendo la testa fra le mani.

Cos'ho fatto?

Cos'ha fatto papà?

E... e Antonio?

Per questa faida oggi sono morti degli uomini. Dovrei applaudire il piano di papà... ma non ci riesco. Ormai mi viene da vomitare.

È tutto sbagliato – a cominciare dalla condanna di Antonio per un reato che non aveva commesso!

Mi sa che siamo davvero Romeo e Giulietta. E finirà in tragedia.

L'immagine di Antonio cadavere fra i tanti che abbiamo lasciato sullo yacht mi fa soffocare un singhiozzo. L'intorpidimento si crepa e crollo – di brutto: attacco un pianto orrendo.

Come starei se oggi Antonio fosse rimasto ucciso? Sarebbe stata tutta colpa mia. Sono stata io a far sapere a papà dov'eravamo. Ho visto lo shock deturpargli i lineamenti davanti al mio tradimento quando ha capito, e mi si annoda e rivolta lo stomaco.

Adesso odia anche me?

Il pensiero mi distrugge. È desolante. Non volevo neanche abbandonare lo yacht quando sono saltata in mare! Volevo tornare di corsa nel letto di Antonio, accoccolarmi fra le sue braccia...

Oddio. Solo stamattina abbiamo fatto l'amore... sembrano passati anni. Secoli.

Esistenze intere paiono passate dal bacio.

Mi sfrego le mani sulle guance, le lacrime mescolate all'acqua della doccia.

E adesso?

Devo lasciarli complottarne l'assassinio?

Le mani mi finiscono sulla pancia. Improbabile, ma potrei essere già incinta di suo figlio. Permetterò a papà di uccidere mio marito?

Mi tiro in piedi a fatica e mi strappo di dosso la vestaglia. Basta, questa follia va fermata.

E subito anche.

Antonio ormai è mio tanto quanto crede che io sia sua.

Siamo sposati.

E allora mi rendo conto di un'altra cosa. Forse la più importante di tutte: mi vuole bene.

Ha risparmiato papà.

E non perché non sia un assassino – lo è eccome. L'ho visto ammazzare almeno quattro persone oggi. Odia papà – ha dedicato anni della sua vita all'organizzazione di un piano per vendicarsene.

Eppure l'ha lasciato andare.

Posso solo dedurne che sia perché gliel'ho chiesto io.

Perché tiene a me. Non l'ha detto. Mi ha chiamata bellissima, mi ha fatta sentire bellissima, ma non mi ha mai detto che sono più d'una mera conquista.

Non fossi stata altro però non l'avrebbe risparmiato. Soprattutto dopo aver capito che l'ho tradito, che volevo scappare.

Ah, giusto per essere chiari: non lo volevo mica.

Farei qualsiasi cosa per tornare indietro nel tempo e non parlare col proprietario di quel ristorante!

Per restare sullo yacht con Antonio. O a terra – non

cambia niente. Dove mi avrebbe portata a vivere? Che vita avremmo avuto?

Tutte domande che mi addolorano il cuore, come venisse tirato, contorto.

Spengo l'acqua e mi asciugo, poi mi avvolgo nel morbido accappatoio dell'hotel e torno nella suite per parlare con papà.

"Devi lasciarlo stare."

"Troppo tardi." Dà uno scossone del capo. "L'FBI sta andando ad arrestarlo. E viste le vittime di oggi, non vedrà mai più la luce del sole."

Capitolo undici

Antonio

Accendo un fiammifero e lo butto nella pozza di benzina. La *Luna di miele* esplode in furiose fiamme.

Guardo per qualche istante.

Chissà in cosa spero – in un barlume di soddisfazione nella rovina della bellissima barca di Benedict?

Invece non provo altro che l'assillante vuoto che mi accompagna da quando Dahlia si è tuffata in mare.

Io e i miei ci siamo allontanati dallo yacht non più ancorato, ormai una barca funeraria norrena che trasporta i morti sul ponte dell'arcobaleno – o quel cazzo che è.

Ne ho persi tre. Ne abbiamo fatti fuori una dozzina.

Dovrei esser contento d'aver vinto la battaglia... ma la vittoria sa di cenere.

"Dove andiamo?" domanda Leo, il soldato al timone.

Scuoto la testa.

"Non lo sa? O non le importa?"

"A Miami, coglione," brontola il Greco, il mio capomafia. "Siamo su un motoscafo. Mica possiamo salpare per l'Australia."

"Silenzio." Devo pensare. Capire come procedere. So sempre come procedere. Sono il re della strategia io.

Solo che al momento ho la mente completamente vuota.

La prossima mossa non m'interessa.

Non m'interessa niente.

Qui non si tratta più di vendicarsi. D'un tratto mi rendo conto che mai s'è trattato di quello... ma della ragazza della dispensa della quale non mi sentivo all'altezza.

Tanto sbattimento solo per innalzarmi al suo livello. Per rendermi degno di lei.

E ho appena mandato a monte tutto mostrandole chi sono veramente.

Un mostro.

Capitolo dodici

*A*ntonio

Guardo giù dal balcone del mio appartamento di Manhattan.

Dahlia è in questa città – non che l'abbia vista, eh.

Ma, senz'alcuna logica, è stata la sua presenza a riportarmi a New York. Dovevo respirare la sua aria. Percorrere le stesse strade.

Ogni singola cellula del mio corpo soffre per lei. Incredibile che l'abbia avuta nel mio letto per sole quattro brevi notti – mi sembra di ricordare ogni lentiggine della sua pelle, ogni curva delle sue carni. Ricordo la setosità dei capelli, lo schiudersi della bocca quand'è sul punto di venire.

E la musica.

Mi perseguita notte e giorno.

La sento cantare Puccini. Ricordo la gioia che la illuminava in volto sul palco di Miami, mentre cantava pezzi pop e ballava con abbandono.

"Capo, deve vedere una cosa." Il Greco è uscito per

sventolarmi un quotidiano sotto al naso. Sono le pagine mondane del *Manhattan Times*, il cui titolo in grassetto recita: Erede del re degli yacht parla delle nozze.

Glielo rilancio. "Non voglio leggere."

"Sì invece. Dico sul serio, Antonio. Legga."

Arriccio le labbra in un ringhio, ma gli rifrego il giornale e lo apro. Che cagata mi dovrò inventare adesso?

È dal ritorno che mi aspetto un attacco dal re. L'FBI o altri mercenari. Ho rinforzato la sicurezza sulle operazioni della *King Yachts* e alla mia residenza privata, ma non è successo nulla.

E adesso mi combattono tramite l'opinione pubblica.

Rido – come se a un bruto come me fregasse qualcosa di cosa pensa la gente! Sono un Beretta. Ho la reputazione rovinata dalla nascita.

L'erede della King Yachts *Dahlia King svela tutto sull'uomo che ama da quand'aveva quindici anni.* Rallento la lettura, le parole si mescolano e riorganizzano sulla pagina.

Eh?

Rileggo la sparata, poi comincio.

Dahlia Beretta (King), figlia di Benedict e Barbara King, in settimana ha rilasciato un'intervista esclusiva al Times *per spiegare il cambiamento di sposo dell'ultimo minuto. La scorsa settimana avrebbe dovuto sposare il sindaco di New York Jake Reese in un'enorme cerimonia pubblica a Cape Cod ma, con sgomento degli ospiti, all'altare non c'era il sindaco.*

S'è legato invece alla sposa Antonio Beretta del New Jersey, uomo con precedenti penali e legami con la mafia. Quel giorno Beretta è divenuto anche azionista unico della King Yachts.

Per due settimane s'è vociferato che la sposa e il padre vi fossero stati costretti, ma la storia riserva ben altre sorprese.

Stando alla signora Beretta, lei e Antonio sono innamorati da quando si conobbero, quando lei era un'adolescente. Il padre non approvava, e accusò il giovane di furto durante il turno come cameriere al ballo del debutto della figlia.

Beretta venne quindi condannato a tre anni di prigione per un reato che secondo la moglie non commise, ma venne bensì inventato di sana pianta dal padre per allontanarli.

La sostituzione dello sposo è stato un piano elaborato dalla coppia per poter finalmente unirsi in matrimonio avendo come testimone l'intera buona società newyorchese. La signora sottolinea l'importanza che la società vedesse e riconoscesse l'unione, che se fosse stata annunciata in anticipo sarebbe stata disertata.

Smetto di leggere per sfregarmi la mano sul viso.

Che significa? È stata Dahlia a inventarselo?

Dev'essere una trappola.

Solo che quel traditore del mio cuore s'è ormai gonfiato...

E se non fosse una trappola? E se fosse il tentativo di Dahlia di salvarmi? Dal padre. O magari dalla legge.

Agisco prima ancora d'avere un pensiero ben formato in testa.

Devo trovarla. Vederla.

Dahlia tiene a me.

Forse mi ama addirittura... come dice l'articolo.

E allora ogni secondo lontano da lei sarebbe un secondo sprecato!

Mi fiondo alla porta per montare sulla nuova Corvette convertibile del 1964.

Dahlia Beretta appartiene a me, e adesso vado a riprendermela. Parcheggio in strada, sotto all'attico lussuoso dei suoi che dà su Central Park.

"Antonio Beretta è venuto a vedere sua moglie Dahlia."

Il portiere era evidentemente preparato al mio arrivo. Gli occhi gli guizzano da parte a parte dal nervoso, ma tiene botta.

"Mi rincresce, signore, ma m'è stato detto di chiederle di andarsene."

Scuoto il capo. "Non senza mia moglie."

Deglutisce. Si caga sotto. Gocciola sudore dal sopracciglio. "Devo chiamare la polizia, signore?"

"Chiama Dahlia. Dille che sono qui."

"Spiacente, signore. Devo fare come m'è stato detto."

"*Subito.*"

Salta, però dà uno scossone della testa. "G-Guardi che chiamo la polizia..."

'*Fanculo.*

Vorrei intimidirlo come si deve... ma tengo sotto controllo l'aggressività. Sospetto fortemente che a Dahlia non farebbe piacere le malmenassi il portiere dei genitori...

"Ok."

Parcheggio dall'altra parte della strada e mi appoggio alla portiera. A braccia conserte, mi apposto qui per tenere d'occhio l'ingresso del palazzo. Prima o poi uno dei King dovrà pur uscire... e allora ci faremo due chiacchiere.

Ovviamente il cielo si spalanca e attacca un acquazzone.

Metto il tettuccio alla macchina, ma non mi sposto di un millimetro.

Chi se ne frega se dovrò farmi cinque giorni di pioggia.

Non me ne vado finché non ho visto mia moglie.

* * *

Dahlia

"Ci hai rovinati!" mi grida la mamma. È tutta la mattina che piange – dall'uscita dell'articolo.

Sono riuscita a fermare – o almeno a posticipare – il piano di papà di mandare ad Antonio l'FBI con la promessa che altrimenti ne avrei parlato pubblicamente.

Ci ha riportati di corsa a Manhattan, e da allora sono prigioniera. Ho chiesto a Bea di venire a prendermi, ma il portiere si è rifiutato di lasciarla entrare. Papà ha piazzato delle guardie fuori dalla porta dell'appartamento – ufficialmente per proteggerci, ma quando ho cercato di uscire me l'hanno impedito.

Ecco perché ho chiamato il giornalista. Mi sono resa conto che potevo usarlo per proteggere Antonio. Ora qualsiasi cosa accadrà verrà vagliata pubblicamente e – si spera – legalmente secondo le lenti della mia invenzione: due sventurati amanti costretti alla lontananza. L'ennesima *West Side Story*. Ho tralasciato la parte in cui Antonio ha rovinato finanziariamente papà e ha fatto una strage sulla *Luna di miele*, ovviamente.

"Non sono stata *io* a rovinarvi." Il tono condanna chiaramente papà e il suo comportamento. È stato lui a maltrattare Antonio. A mostrarsi tanto sciocco e presuntuoso da cedergli tutta la sua fortuna e a credere chissà come di avere ancora diritto di parola sulla mia vita e sulle mie condotte.

Non sono più in debito coi miei. Le catene dell'obbligo e dell'obbedienza finalmente si sono sciolte. Prima del matrimonio mi vedevo come un'adulta, sì, ma ero ancora una bambina che recitava il loro copione.

Adesso sono una donna. Una donna di potere che sa gestirselo benissimo già solo chiamando un giornalista.

"Non sono stata io a dichiarare guerra ai Beretta pensando di poter vincere. Ma sono *io* a potervi porre fine."

"Hai posto fine *a noi*. A tutto ciò che avevamo. Saresti stata la *first lady*," strilla la mamma. È andata a versarsi da bere all'angolo bar, anche se è appena mezzogiorno. Fuori il cielo è grigio carbone, piove a dirotto.

"Non avevamo nulla," le ricordo. "S'era già preso tutto mio marito."

Si gira a bocca spalancata, sconvolta che l'abbia definito *mio marito*. "Ah sì? Tieni a lui?" Attacca con la filippica senza darmi modo di rispondere. "Non te ne importa niente di lui! Sono solo menzogne che hai detto al giornale… menzogne disperate progettate per rovinarci. Volevi solo vendicarti perché non hai potuto decidere chi sposare."

"Ah." Incrocio le braccia sul petto. "Ci siamo. Finalmente lo ammetti. Per anni hai cercato di addolcirmi la pillola, ma ecco la verità: ero prigioniera di una torre dorata, cresciuta solo per fare i vostri comodi e portare a compimento il destino che avresti voluto vivere tu!"

"Basta." Papà sbuca dall'ufficio coi vestiti di ieri ancora addosso. È spettinato, ha pure una macchia di alcol sulla camicia. Come la mamma, beve in pieno giorno. "Adesso dobbiamo ricostruire la famiglia. Non ci resta altro."

Sbuffo.

L'ultima cosa che voglio è ricostruire questa famiglia.

All'esterno, in strada, qualcuno spara a tutto volume Puccini – la stessa canzone che ho cantato per Antonio!

Mi pare mi strappino il cuore dal petto.

La storia raccontata al giornalista non era una bugia. Lo amo da sempre. Certo, ci eravamo scambiati solo poche parole, ma l'anima l'aveva riconosciuto. Eravamo destinati a stare insieme. Ne sono sicura.

Nient'altro potrebbe spiegare il legame con lui che sento fin dall'inizio. Gli sfarfallii nello stomaco ogni volta che mi ritrovo in sua presenza, la fiducia che provo senza che ve ne sia ragione.

Quasi l'ho fatto ammazzare cercando di 'ricostruire la famiglia'. Come sarebbe la mia vita se tagliassi i ponti con loro e tornassi dall'uomo per cui credo di essere fatta?

Si sente clacsonare. Con insistenza. Secondo il motivetto di *Shave and a Haircut*. Poi la canzone *Be My Baby*.

Trasalisco. Corro al balcone davanti.

"Dahlia! Che fai?"

Ignoro le urla orripilate della mamma per uscire nel nubifragio. Per sporgermi dalla ringhiera e guardare sotto.

Oddio.

Mi copro la bocca per soffocare un singhiozzo.

È qui. In piedi nella pioggia, posato a una bellissima convertibile rosso ciliegia a guardarmi.

"Antonio!" grido.

Ci osservano. Scattano i flash. Devono essersi accampati qui fuori anche i paparazzi.

Scorgo pure Bea. Sta smontando dall'auto di Antonio come avesse acceso lei la musica. Mi saluta disegnando un arco gigantesco con la mano.

Antonio spalanca le braccia. "Dahlia. Ti prego, scendi."

Mi giro indietro. "Non posso. Hanno messo le guardie alla porta."

Altri scatti. La stampa immortala ogni parola.

Gli leggo l'improvviso pericolo in faccia quando irrigidisce le spalle e si scolla dalla macchina.

"No, aspetta!" Basta spargimenti di sangue... a causa mia.

Scavalco con una gamba la ringhiera.

"No, *principessa*!" Si butta nel traffico per attraversare la strada, facendo frenare di colpo gli automobilisti.

"Prendimi." Sono solo al secondo piano. Non mi farà mai sfracellare a terra.

"No, no, no! Aspetta, Dahlia!"

Non aspetto invece. Scivolo sul balcone bagnato con un urlo, e subito mi tuffo agitando braccia e gambe. L'aria mi sfreccia attorno, il marciapiede mi corre incontro.

Gli finisco dritta dritta fra le braccia. L'impatto lo fa cadere a terra, e ci ingarbugliamo sul cemento fradicio.

Mi porta le labbra all'orecchio, mi stringe tanto forte che non respiro. "Dahlia... Dahlia. Mia pazza sposina vivace. Mio amore."

"Antonio. Mi dispiace per la *Luna di miele.*"

Ride piano, poi mi gira verso di sé. Abbiamo i vestiti zuppi, e lui tiene pure la schiena in una pozzanghera. "Per lo yacht o per il viaggetto di nozze?"

"Per quello che è successo." Mi si riempiono gli occhi di lacrime. "Non avrei dovuto comunicare con papà."

Mi prende il volto nelle mani per portarmi le labbra alle sue. "No, no, no, *amore.* Non hai fatto niente di male. Non avevo diritto di rapirti. Perdonami."

Annuisco, le lacrime che sgorgano su guance già bagnate. "Ti perdono. E tu mi perdoni?"

"Non hai nulla da farti perdonare. Sei perfetta."

Una folla si è raccolta ormai attorno a noi. Esplodono altri flash.

Antonio mi solleva per mettersi in piedi e aiutarmi ad alzarmi. Mi passa la mano sul corpo, mi scruta tutta. "Ti sei fatta male?"

Scuoto il capo.

Tende la mano verso l'auto, dall'altra parte della strada. "La carrozza l'attende, milady."

Qualcuno attacca ad applaudire esultando con tutto il fiato che ha.

Bea.

Mi fiondo da lei per darle un abbraccione mentre gli spettatori battono le mani fra gli incoraggiamenti.

"Ah già. Ho rivisto la tua deliziosa damigella. Si è rivelata molto utile nella ricerca della musica giusta per attirarti qua fuori." Si sporge per darle un bacio sulla guancia. "Vieni, dolce mogliettina." Mi prende in braccio. "Il futuro ci aspetta."

* * *

Antonio

La porto in braccio nell'attico. Siamo ancora fradici di pioggia, ha le guance rosse. Mi posa sul volto i dolci occhioni azzurri, facendomi sentire più alto dell'Empire State Building. Mi guarda così da quando l'ho presa al volo.

Cavolo, il cuore quasi mi si è fermato! Avrò gli incubi per tutto il resto della mia vita. Si fosse fatta male – non l'avessi presa o non le avessi attutito la caduta – mi sa che non mi sarei più ripreso.

Ignora gli arredi mentre la porto fino al bagno della camera padronale. Pare invece piuttosto affascinata dalla mia faccia. Mi tocca la mandibola, mi scosta i capelli incollati agli occhi.

La metto giù e le sfilo dalla testa la camicetta bagnata, poi i pantaloni e le mutandine. Si sgancia il reggiseno e lo butta sul marmo del pavimento.

Mi sbottona la camicia mentre io mi levo le scarpe – e poi le trovo la bocca. Non ci baciamo dall'affondamento della *Luna di miele*. Non le ho più fatto mia la dolce boccuccia, non l'ho più vista nuda. Non ho potuto toccarle e assaggiarle la pelle.

Mi strappo via il resto dei vestiti e la bacio, poi la faccio procedere all'indietro finché non ci ritroviamo sotto al getto d'acqua.

"M'è mancata mia moglie." Mi si è arrugginita la voce.

"Mi sei mancato anche tu." Prende la saponetta per sfregarmela sul petto.

Chiudo gli occhi per assaporare il momento. Inebriarmene. Per festeggiare. Non avevo previsto nulla del genere. Il piano probabilmente non si spingeva oltre il *lo voglio*.

Ah, tutto ciò è molto più dolce che impossessarsi della *King Yachts*. Molto più ricco che avere l'ultima parola con Benedict King.

Decisamente molto più magico anche che prendere la ragazza della quale m'era stato detto di non essere all'altezza.

Questo momento è reale. È adesso. Dahlia non è una debuttante piena di sé da soggiogare. È una vibrante e talentuosa donna a tre dimensioni che mi tocca, che – contro ogni ragione – ha scelto di stare al mio fianco. Che mi si è offerta – e stavolta volontariamente.

Apro gli occhi per prenderle il sapone di mano. Faccio la schiuma strofinandomelo sui palmi, poi l'accarezzo attorno ai seni.

"Ti farò felice," le prometto.

Oscilla, le palpebre che si chiudono.

"Avrai tutto ciò che vuoi. Lezioni di canto, concerti, un tuo gruppo. Qualsiasi cosa faccia sorridere mia moglie sarà legge."

S'illumina d'un sorriso che mi fa secco.

Scendo in ginocchio per insaponarle le gambe, poi l'accarezzo attorno al sedere e fra le natiche.

Non ride né si agita; riceve l'intimità del mio tocco come la regina che è.

Le pastoie del mio autocontrollo si spezzano e la sbatto

contro alla parete; le metto una gamba sulla mia spalla per arrivarle al centro del corpo. La lecco dentro, le schiaccio il bacino contro alle mattonelle per farla godere ben bene.

Mi afferra la testa – prima per tenersi in equilibrio, poi per tirarmi sulle sue carni bollenti, per spronarmi a continuare. Le do una ripassata al clitoride con la lingua facendole scivolare le dita lungo la fessura. Ma vuole di più. Mi agguanta il polso per infilarsene uno dentro. Me la lavoro lentamente succhiandole il bocciolo.

"Sì," geme. "Ti prego, Antonio..."

'*Fanculo*. Le implorazioni mi fanno impazzire del tutto. Aggiungo un secondo dito e insisto. Geme sempre più forte e più acuta, quasi urla.

Non ce la faccio più. Mi alzo per girarla verso il muro. Dopo averle divaricato le gambe e tirato indietro i fianchi, allineo l'uccello all'ingresso.

Provo ad andarci piano. Cerco di ricordare che praticamente è ancora vergine. Ma quando mi spinge il culo addosso dimentico ogni premura. Le piglio i fianchi e me la sbatto forte, schiacciandola contro alle piastrelle. Ci fondiamo in un unico corpo, in un ritmo e una sincronicità perfetti. Le sue grida si mescolano ai miei rantoli. Ogni spinta ci porta sull'orlo dell'estasi. Ci gloriamo del momento, del momento in cui abbandoniamo la nostra individualità per diventare un'unica forza. Dahlia appartiene a me e io a lei. Insieme siamo tutto.

Non so per quanto facciamo l'amore. So solo che a un certo punto esco, la giro e la sbatto contro al muro per l'altro verso. So solo che mi aggancia le braccia al collo, che le urla di gola me le spara dritte nell'orecchio. So solo che invoca il mio nome, e che io invoco il suo. E che andiamo avanti, avanti, come dovessimo recuperare sette anni di separazione e un inizio tumultuoso. Così affermiamo quello che siamo adesso, quello che è il nostro matrimonio. La nostra unione. La tregua.

Così ottengo la scopata della vendetta. Quella che mi ha aperto le porte di una vita nuova – piena d'amore e comunione. E di Dahlia.

Epilogo

Dahlia

Sono nervosissima. Mi passo le mani giù per il vestitino blu mezzanotte che mi segna le curve. Un paio di stivali stretti a tacco alto coordinati completano la mise. Devo salire sul palco per cantare. Il guaio è che un'esibizione organizzata è totalmente diversa dall'approfittare di un microfono a Miami... da ubriaca.

Don Beretta, lo zio di Antonio, ci sta dando una festa d'anniversario privata in uno dei suoi night, e Antonio mi ha chiesto come regalo una canzone. Ho scelto la versione recente di *Fever* di Peggy Lee. È sexy, torrida e parla del romanticismo bollente che vivo con mio marito.

Non mi aspettavo però di vedere i miei venire accompagnati a dei posti in prima fila accanto a Bea.

Anche lei sembra stupita – allora non li ha invitati lei. Non gli rivolgo la parola dal giorno in cui mi sono tuffata dal balcone. Dal giorno in cui sono entrata a far parte del mondo di Antonio lasciandomi alle spalle l'alta società. Che non mi manca minimamente.

Bea è rimasta un'amica leale (con gran sconcerto dei suoi genitori) e io sono stata accolta pienamente nel clan dei Beretta. Adesso ho cugini, sorelle e amici esuberanti. I Beretta sono un gruppo vivace, legato e chiassoso.

Deve averli chiamati Antonio. Non riesco a capire se ho voglia di baciarlo o picchiarlo. O di piangere. Forse tutte e tre le cose. Ma ormai è troppo tardi per esimermi dal canto o maledire mio marito. Il frontman mi sta presentando.

Che fifa!

Salgo sul palco con le gambe tremanti e prendo il microfono. La band già suona. Abbiamo provato nel pomeriggio, ed è andata meravigliosamente. Non c'è ragione di andare nel panico... a parte che volevo cantare per Antonio e sentirmi sexy, ma adesso ci sono i miei, che odiano che canti e che troverebbero una sfacciata sensualità un oltraggio a tutto ciò che mi hanno insegnato!

Bah, che vadano a quel paese. È il mio anniversario. Il mio mondo. Un anno fa ho cominciato a vivere la mia vera vita – una vita in cui essere me stessa completamente, in cui farmi amare per ciò che sono, non per quello che rappresento. Non per ciò che rifletto degli altri.

Cerco Antonio con lo sguardo. D'altronde il brano è un regalo per lui. Mi sconvolge vederlo prendere posto accanto alla mamma. Siedono tutti e tre a un tavolinetto davanti al palco.

Si appoggia allo schienale, lo sguardo moro e luccicante sul mio, e si accende un sigaro. Mi fa l'occhiolino – e non mi serve altro per sentir tornare il mio potere.

Perché è Antonio a farmi sentire potente.

Bellissima, forte e talentuosa. E nemmeno per un attimo mi manca la mia vecchia vita. Anche se la crepa apertasi tra me e i miei mi turba, non mi sono mai mancati il controllo e la pressione dell'esibizione continua che gli dovevo.

Tengo gli occhi incollati al volto bellissimo di mio marito e comincio a muovere lentamente i fianchi sulla musica. Nell'istante in cui attacco a cantare dimentico il nervosismo. Dimentico che i miei potrebbero non approvare. La pianto di arrovellarmi sulla ragione della loro presenza, su ciò che gli dirò dopo. Sento solo la musica. Incarno la musica. Canto di gioia pura. D'amore. D'assoluta devozione per l'uomo che m'è totalmente devoto.

Antonio non mi stacca mai gli occhi di dosso, dicendomi così tutto: che è innamorato quanto me. Ammaliato. Febbrile d'amore. Buffo, ma il nostro amore pare non far altro che crescere.

Quand'ho finito, mi rendo conto che mi guardano tutti. Persino don Beretta e i suoi, che quand'ho cominciato chiacchieravano rumorosamente e adesso mi fissano in silenzio.

Termino l'ultima nota e armeggio un po' per rimettere il microfono sull'asta.

Li ho messi in imbarazzo? Forse neanche ai Beretta piace che canti in pubblico...

Guardo i miei, e mi sconcerta veder la mamma segnata da una lacrima. Si alza incerta. Ecco, se ne va senza neanche salutarmi...

Invece no; applaude. In una standing ovation.

La sala fumosa esplode d'applausi. Di ruggiti entusiasti. Qualcuno grida pure il mio nome. Bea, credo. E Antonio.

Mi ci vuole un attimo per riprendermi, ma faccio un sorriso e un inchino.

Si alza papà – anche se mi sembra di aver visto Antonio guardarlo prima in cagnesco.

M'inchino di nuovo, con una pressione bollente al petto e in viso che mi fa quasi piangere.

Prima che scenda dal palco, Antonio mi porge la mano e salto giù dal proscenio per cadergli fra le braccia. Mi stringe e mi bacia in fronte. "Brava, *principessa. Grazie.* Canzone adorabile. Sei stata incredibile."

"Hai invitato i miei," gracchio.

"Sì. È ora di riappacificarsi, *amore.*" Mi gira verso la mamma e mi spinge avanti.

Lei resta dov'è. Per un attimo piomba l'imbarazzo, ma poi Bea ci butta un braccio al collo per un abbraccione di gruppo. "Non è stata bravissima, signora?"

Non risponde. Mi sa che sarebbe troppo, visto che l'ho messa in imbarazzo. Scoppia però in lacrime.

"Oh, Dahlia! Stai bene? Sembri proprio felice. Mi sei mancata tanto..."

La tiro a me per un abbraccio vero e le do delle pacche sulla schiena, come fosse lei la figlia. "Mi sei mancata anche tu, mamma. Sono felicissima con Antonio. Lo amo."

Ne percepisco lo sguardo mentre lo dico, e mi giro; sta parlando con papà. Lo spinge da me, e sopporto un altro goffo abbraccio.

"Hai cantato bene, tesoro. Bel vestito."

Non esattamente le parole che volevo sentir dire da mio padre... ma meglio di niente.

Viene stappato lo champagne e qualcuno porta il carrellino con una gigantesca torta a più strati, come fosse un matrimonio, non un primo anniversario.

"Servono il dolce. Restate ad assaggiarlo, no?" domanda ai miei Antonio. "Sedetevi qui, con Dahlia. Ne avete di cose da raccontarvi! Bea, su, anche tu. Accomodatevi tutti e quattro insieme. Io devo fare il giro della sala."

Mi si offusca per un attimo la vista davanti a tante premure, alla facilità con cui smuove mari e monti, con cui orchestra miracoli.

Dio benedica Bea, che comincia a chiacchierare allegramente del gruppo, del mio vestito, del tempo!

"Ti voglio bene." È papà a interromperne il monologo.

Lo guardiamo tutte stupite. Non è da lui manifestare sentimenti.

"Sono contento che tu stia bene. Non sarei mai riuscito a perdonarmi se..." Si morde la lingua per non dar voce al nomignolo con cui avrebbe battezzato Antonio. "Se tuo marito fosse stato crudele con te. Ma sembra amarti. E alla fine non conta altro. Presumo."

Ha un'aria sconfitta che non mi piace, ma mi ricordo che se l'è cercata.

Mi sporgo per dargli un bacio sulla guancia. "Ti voglio bene anch'io, papà."

Arriva un cameriere a lasciarci torta e champagne, poi passa agli altri. Antonio picchietta le dita sul bicchiere per far scendere il silenzio sulla sala.

"Vorrei fare un brindisi alla mia bellissima moglie." Alza la flûte. "Otto anni fa venni assunto sullo yacht sul quale baciai la ragazza più bella del mondo. Gesto che cambiò radicalmente il corso della mia vita." Il tono è pungente e la gente mormora – pungente a sua volta. Sanno tutti cos'accadde, perché nelle grandi famiglie italiane non esistono segreti. Sanno quel che fece papà. E la tempesta vendicativa che gli scatenò contro Antonio.

Mia suocera guarda male papà. Mi vuole bene, ma non lo perdonerà mai – nemmeno adesso che Antonio ha accettato le conseguenze.

"No, no." Alza una mano. "Non criticate mio suocero. All'epoca mi considerava indegno, e la cosa mi spinse a migliorarmi. E ce la feci." Spalanca le braccia ed esultano tutti. È vero. In quest'ultimo anno ho scoperto che praticamente ormai Antonio gestisce la famiglia. Il don è quasi in pensione. Da bravo nipote, il mio maritino ha scalato la vetta più velocemente di chiunque altro e ne ha preso il comando guadagnando centinaia di milioni di dollari.

Gli yacht alla fine sono stati la chiave che ha permesso ai Beretta di trafficare tranquillamente armi nelle acque internazionali. E poi la *King Yachts* è tornata a generare profitto senza che fosse necessario usare soldi sporchi.

"E anche se credevo di rendermi forte per potermi vendicare, alla fine aveva ragione il signor King. Dovevo rendermi degno di Dahlia. Perché lei è tutto per me. E farei qualsiasi cosa per renderla felice."

Accidenti... mi si scioglierà il mascara! Mi tampono gli angoli degli occhi. Antonio incrocia il mio sguardo e leva il calice. "Perciò brindo a te, *principessa*. Alla mia cara Dahlia. L'amore della mia vita."

"Oooh," giunge un sospirone da alcune ospiti.

Le ignora per aggiungere: "Grazie di avermi sposato."

La mamma si porta il tovagliolo di tessuto alla bocca per nascondere un singhiozzo.

Mi alzo per attraversare lentamente la stanza, lo sguardo incollato al bel viso di mio marito. È come il giorno delle nozze – percorro la navata per andargli incontro. Per intrecciare per sempre i nostri futuri.

Posa il bicchiere quando mi vede arrivare, e mi prende le mani nelle sue. "Vuoi sposarmi?"

Mi scappa una risata singhiozzante, e le lacrime stavolta sgorgano sul serio.

"Ti amo, signora Beretta."

"Ti amo."

Esultano tutti.

"*Alla salute*," urla don Beretta, e tutti sollevano i bicchieri per bere. Tutti tranne me e Antonio, che siamo incollati in un bacio da sciogliere le ossa.

"Vieni, dai." Mi prende per mano, e mentre i festaioli si buttano sulla torta e sullo champagne noi abbandoniamo la sala.

Mi trascina nell'ufficio sul retro, dove pesca una busta dal taschino interno e me la porge. "Ecco il mio regalo."

"Cos'è?"

"Su." Fa un cenno alla busta. "Aprila."

L'apro con dita tremanti – chissà perché. So che non sarà qualcosa d'indesiderato, tipo i documenti del divorzio. Bah, sarà l'emozione. La soverchiante sensazione di essere amata profondamente, completamente.

Spiego i fogli e gli do una scorsa. Eh, *sono* documenti legali, in effetti.

"Mi cedi la *King Yachts*?"

"Sì. Decidi tu se restituirla a tuo padre. Ne raccoglie comunque già i frutti, dato che è un anno che gli pago uno stipendio."

"D-Davvero? Paghi papà?" Non riesco a non lasciar trapelare l'incredulità. "Lavora per te?"

Scoppia in una risata secca. "No. Né lo vorrei! Ma non potevo mica far morire di fame i tuoi."

Adesso faccio anch'io una risata – la mia però acquosa. "Non sarebbero morti di fame. Avrebbero potuto vendere metà delle loro proprietà e vivere tutta la vita degli interessi dei ricavi!"

"Be', non volevo soffrissero. Sono i tuoi genitori. Quindi anche parenti miei."

Che uomo. Negli affari sarà un tagliagole, ma sotto sotto è un tenerone...

"Non la restituirò a papà. È un'attività legale, e la terremo per la nostra famiglia. Per i nostri figli. Sarà il nostro lascito."

Mi prende il viso nelle mani. "E non vedo l'ora di cominciarla, questa famiglia, *principessa*."

E adesso ecco in arrivo il mio vero regalo d'anniversario – niente a che vedere con una canzoncina! Questo regalo durerà tutta la vita...

Lo guardo raggiante. "L'abbiamo già cominciata."

La tana dei peccati

Lei è mia prigioniera. La testimone del mio crimine. Non la lascerò mai andare.

Sono un uomo disperato. Una settimana fuori di prigione

E sono di nuovo nei guai. Quando un sicario della mafia viene a cercarmi,

Lo finisco a mani nude. Ma la bella fioraia è testimone del mio delitto.

Ora è mia prigioniera. Non posso lasciarla andare.

La mia anima è irrecuperabile, irretita per sempre in un covo di peccato.

Ma il resto di me sa cosa vuole.

E io voglio lei.

Leggi ora

OTTIENI IL TUO LIBRO GRATIS!

Iscrivetevi alla newsletter di Renee per ricevere Indomita, scene bonus gratuite e notifiche riguardo a nuove pubblicazioni!

https://subscribepage.com/reneeroseit

Altri libri di Renee Rose

https://reneeroseromance.com/italiano/

I peccati di Chicago

La tana dei peccati

Radicato nel peccato

Uomo d'onore

Non provocarmi

Non tentarmi

Non costringermi

Dominami - la serie

Padrone reale

Sì, dottore

Padrone russo

Padrone marine

I suoi due padroni

Il padrone della segreta

Padrone di fuoco

Chicago Bratva

Preludio

Il direttore

Il risolutore

Posseduta

Il sicario

Il soldato

L'Hacker

L'allibratore

Il pulitore

Il playboy

Il guardiano

Vegas Underground

King of Diamonds

Mafia Daddy

Jack of Spades

Ace of Hearts

Joker's Wild

His Queen of Clubs

Dead Man's Hand

Wild Card

Gli alfa di montagna

Eroe

Ribelle

Guerriero

Wolf Ridge High

Alfa Bullo

Alfa Cavaliere

Fratellastro Alfa

Re Alfa

Alfa ribelli

Tentazione Alfa

Pericolo Alfa

Un premio per l'Alfa

Una Sfida per l'alfa

Obsession Alfa

Desiderio Alfa

Guerra Alfa

Missione Alfa

Tormento Alfa

Segreto Alfa

La Preda dell'Alfa

Il sole dell'Alfa

Sangue Alfa

La luna dell'Alfa

Giuramento Alfa

La vendetta dell'Alfa

Fuoco Alfa

Salvataggio Alfa

Ordine Alfa

Wolf Ranch

Brutale

Selvaggio

Animalesco

Disumano

Feroce

Spietato

Due Segni

Indomita (gratuito)

Tentazione

Deseada

Sedotta

Padroni di Zandia

La sua Schiava Umana

La Sua Prigioniera Umana

L'addestramento della sua umana

La sua ribelle umana

La sua incubatrice umana

Il suo Compagno e Padrone

Cucciolo Zandiano

La sua Proprietà Umana

La loro compagna zandiana (gratuito)

Le spose zandiane

Notte degli zandiani

Comprata dagli zandiani

Dominata dagli zandiani

Luci zandiane: il romanzo della festa aliena

Trattenuta dallo zandiano

Reclamata dallo zandiano

L'autore

L'autrice oggi bestseller negli Stati Uniti Renee Rose ama gli eroi alfa dominanti dal linguaggio sboccato! Ha venduto oltre un milione di copie dei suoi romanzi bollenti, con variabili livelli di erotismo. I suoi libri sono comparsi su *USA Today's Happily Ever After* e *Popsugar*. Nominata *Migliore autrice erotica da Eroticon USA* nel 2013, ha vinto come autrice antologica e di fantascienza preferita dello *Spunky and Sassy*, come miglior romanzo storico sul *The Romance Reviews* e migliore coppia e autrice di fantascienza, paranormale, storica, erotica ed ageplay dello *Spanking Romance Reviews*. È entrata dieci volte nella lista di *USA Today* con varie antologie.

Iscrivetevi alla newsletter di Renee per ricevere scene bonus gratuite e notifiche riguardo a nuove pubblicazioni!
https://www.subscribepage.com/reneeroseit

facebook.com/Autrice-Renee-Rose-101548325414563

instagram.com/reneeroseromance

9 781637 203293